人生は小説（ロマン）

ギヨーム・ミュッソ
吉田恒雄 訳

JN084183

集英社文庫

目次

主な登場人物

フローラ・コンウェイ……………………ニューヨーク在住の小説家
キャリー…………………………………フローラの娘
ファンティーヌ・ド・ヴィラット………出版社社主
マーク・ルテッリ…………………………ニューヨーク市警の刑事
フランシス・リチャード…………………ルテッリの上司、警部補
トレヴァー・フラー・ジョーンズ………フローラが住むビルの管理人
ロマン・オゾルスキ………………………パリ在住の小説家
アルミーヌ…………………………………ロマンの妻
テオ…………………………………………ロマンの息子
カディジャ…………………………………テオのベビーシッター
ジャスパー・ヴァン・ワイク……………文芸エージェント

人生は小説(ロマン)

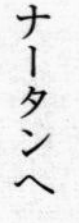

ナータンへ

六月三日、土曜日、午前十時半

身がすくむ思いだ。午後にも小説を書きはじめたい。二週間前から準備している。この十日間、わたしは登場人物たちがいる場の雰囲気のなかで過ごした。四ダースほど新品の鉛筆を削ったところだが、手の震えがひどいので、精神安定剤〈ベラデナル〉を半錠飲んだ。上手くいくだろうか？（……）今のところは怖じ気づいており、わたしはいつものように先延ばしにするか、さもなければ金輪際もう書くのをやめようかと思っている。

ジョルジュ・シムノン
『わたしが老いていたとき』

ウェールズ出身の作家フローラ・コンウェイ氏がフランツ・カフカ賞受賞

AFP通信、二〇〇九年十月二十日

作家の全作品を評価の対象とすることで知られる同文学賞が、今年は秘密のベールに包まれているこの三十九歳の女性作家に授与された。フローラ・コンウェイ氏は社交不安障害があるとの理由で、人混みや旅行、ジャーナリストとの会見などを忌避しており、今夜行われた旧プラハ市庁舎での授賞式にも出席しなかった。

代わって同氏の編集発行人であるファンティーヌ・ド・ヴィラット氏がフランツ・カフカのブロンズ像と賞金一万ドルを受けとり、「フローラとは先ほど電話で話しました。皆さまに心から感謝しているとのことです。本賞受賞は、カフカの作品に尽きることない称賛を寄せ、それをまた自らの思考とインスピレーションの源泉ともしている本人にとって、とりわけ嬉(うれ)しいものでありましょう」と謝辞を述べた。

同文学賞は、プラハ市の協賛のもと、フランツ・カフカ協会が国際的な選考委員会に諮(はか)って二〇〇一年から授与してきたもので、これまでの受賞者には、フィリップ・ロスやヴァーツラフ・ハヴェル、ペーター・ハントケ、また村上春樹の各氏がいる。

二〇〇四年に発表された野心的なデビュー作『迷宮（ラビリンス）にいる少女』が、小説家コンウェイを文学界の第一線に押しだした。二十か国以上で翻訳されるや、突如出現した古典であるかのような評価を得た同作品には、複数のニューヨーク市民——彼ら全員が、フローラ・コンウェイ氏が小説を発表するまでウェイトレスとして働いていたバワリーのバー〈迷宮（ラビリンス）〉に居合わせることになる——の、アメリカ同時多発テロ事件の前日に残した生活の軌跡が描かれている。その後は、コンウェイ氏が二十一世紀初頭を代表する小説家として認められる契機となった二作、『ナッシュ均衡』と『感覚の終わり』が続けて発表された。

謝辞のなかでファンティーヌ・ド・ヴィラット氏は、新作の発表が間近なことも告げた。そのニュースは文学出版界のなかであっという間に広がったが、それほどにコンウェイ氏の新作発表は注目されているのだ。

彼女は、ある種の謎に包まれたオーラを放っている。素性こそ隠していないが、フローラ・コンウェイ氏は一度もテレビやラジオ番組に出たことがない。彼女の姿をとらえたものといえば、出版元が提供した一枚の写真、それだけである。

新作発表のおりですら、いくつかの質問に対してメールでほんのわずかな回答をするだけにとどめている。コンウェイ氏は何度も、名声を得ることで生じる束縛や偽善的な付き合いから解放されていたいと表明しているのだ。ガーディアン紙に掲載された最新記事でコンウェイ氏は、極度に嫌悪しているメディアのばか騒ぎに加わることを拒んでいると説明し、彼女が小説を書く理由は、まさに「デジタル画面に溢(あふ)れてはいるが知性は空っぽの世界から逃れるためだ」と付け加えている。

それは同時代のバンクシーやインベーダー（フランスの素性不明なストリートアーティスト）、電子音楽デュオのダフト・パンクなどのアーティストたち、あるいはまたイタリアの小説家エレナ・フェッランテなどの足跡に倣った解決策、すなわち匿名性によってアーティスト自身でなく作品そのものに注目を集めるための方法なのだろう。「一度刊行されれば、わたしの本はひとり立ちするのです」とフローラ・コンウェイ氏は述べている。

コンウェイ氏に注目する人々のなかには、氏がカフカ賞受賞を機にニューヨークの隠れ家から出てくるのではないかと期待する向きもあった。残念ながら、今回もその期待は裏切られたようだ。

ブランディーヌ・サムソン

迷宮（ラビリンス）にいる少女

1 隠れた女の子

目前でくり広げられる歴史はごく鮮明に見えるはずなのに、ひどくぼやけている。

ジュリアン・バーンズ

1

ブルックリン、二〇一〇年、秋。

六か月前の二〇一〇年四月十二日、ウィリアムズバーグ地区にある自宅アパートメントから、わたしとかくれんぼ遊びをしていた三歳になる娘のキャリー・コンウェイがさらわれた。

春のニューヨークによくある、気持ちの良い晴れた日の午後だった。いつもどおり徒歩で、わたしはキャリーを迎えにマッカレン公園そばのモンテッソーリ・スクールまで出かけた。帰り道に〈マルチェッロ〉の店で買ったコンポートとレモン入りカンノーロ（小麦粉生地を筒状にして揚げ、なかにレモン風味などのクリームを詰めるシチリア伝統の菓子）を、キャリーは自分のベビーカーの周りを跳ねまわりながらペロッと食べてしまった。

ベリー・ストリート三九六番地のランカスター・ビルの自宅に着くと、玄関ロビーで新任の管理人トレヴァー・フラー・ジョーンズ——雇われてからまだ三週間も経っていない——が、キャリーにすぐには食べてしまわないと約束させてから、ゴマ入り蜂蜜キャンディーをくれた。そして、ママが小説家なのはとても幸運なんだよ、なぜって毎晩ベッドですてきなお話をしてくれるからとも言った。わたしは笑いながら、そんなことを言うのはわたしの小説をひとつも読んだことがないからだと指摘すると、トレヴァーは同意する。「おっしゃるとおりです、コンウェイさま、読む時間がありませんでした」と白状した。「読む時間を割こうとしなかったのね、トレヴァー、その二つは同じではないんです」とわたしが応じているあいだに、エレベーターのドアは閉じてしまった。

もうすっかり決まり事になっているとおり、わたしはキャリーが最上階七階のボタンを押せるようにと抱え上げる。エレベーターは大きな金属音をたてて動きだしたが、それに慣れたわたしたち母娘のどちらも怖がることはない。ランカスター・ビルは鉄骨造りの古い建物で、現在も改修中。コリント式円柱が大窓を縁どっていて、ほかにはありそうもない、いわば宮殿のような建物なのだ。かつては玩具製造工場の倉庫として使われていたが、一九七〇年代の初頭にはその役目も終えた。地区の脱工業化に伴い、建物は引き取り手のないままほぼ三十年間放置されたのち、ブルックリンに居住することがトレンドとみなされるようになった時点で、住居用ビルに改修されたのだ。

家に入るとすぐにキャリーは小さなスニーカーを脱いで、ふわふわした玉飾り(ポンポン)のついた薄いピンク色の室内履きに履き替えた。オーディオラックに向かうわたしのあとについてきて、レコード盤――ラヴェルの〈ピアノ協奏曲ト長調〉第二楽章――がターンテーブルに載せられると、まもなく始まる曲を拍手で迎える。そのあとの数分間は、洗濯物を干すわたしにくっついたまま離れず、それから、かくれんぼ遊びをせがみだした。

この遊びがキャリーは何よりも好きで、ほんとうに彼女を夢中にさせてしまうのだった。

一歳になるまで、キャリーにとってのかくれんぼは「いないいないばあ」で、その小さな両手を開いて自分の目を半分覆うだけの遊びだった。何秒間か見えなくなったあと、魔法のようにまたわたしの顔が現れると、笑いが弾ける。時とともに、娘はかくれんぼの原則を理解していく。すると、カーテンの陰やテーブルの下に隠れるようになった。とはいえ、必ずつま先や肘、あるいはちゃんと引っこめなかった足が見えるので、彼女の居場所は分かってしまう。ときに遊びが長びいたりすると、わたしが早くみつけられるように、わざわざ手を振ることさえあった。

彼女の成長に合わせて、かくれんぼ遊びは複雑になっていく。ほかの部屋を使って隠れ場所を増やしたり、ドアの後ろやバスタブのなかで丸くなったり、シーツやベッドの下で身を伏せたりするようになった。

ルールも変わる。遊びが真剣になっていったのだ。

そうなると、鬼のわたしは探しだす前、壁を向いて目をつむり、大きな声で二十まで数える。

それと同じことをあの四月十二日の午後、わたしは、摩天楼の向こうから嘘のようにまぶしい太陽が熱い日差しをアパートメントに降りそそぐなかでやっていた。

「ズルしちゃだめよ、ママ！」と、ルールをちゃんと守っているのに、娘はわたしに注意するのだった。

わたしは自分の寝室内で目を両手で覆い、大きな声で、遅すぎぬよう早すぎぬように数えはじめた。

「一つ、二つ、三つ、四つ、五つ……」

寄せ木張りの床を歩く小さな足音をはっきり覚えている。キャリーは部屋から出た。居間をよこぎりながら、大きなガラスの間仕切りの向かいに置かれた〈イームズ〉のソファーにぶつかる音が聞こえた。

「……六つ、七つ、八つ、九つ、十……」

心地よかった。居間から聞こえてくる澄んだ音色に乗せられ、わたしの想いはどこへともなくさまよう。アダージョ、いちばん好きなところだ。イングリッシュ・ホルンとピアノの対話。

「……十一、十二、十三、十四、十五……」

入念に仕上げられた長い楽句(フレーズ)がいつまでも流れていき、それをある人々は、変わることなく静かに降りつづける温かい雨に例えた。

「……十六、十七、十八、十九、二十」

目を開けよう。

2

わたしは目を開け、寝室から出た。

「気をつけて、気をつけて！　ママが行きますよ！」

わたしはルールどおりに行動する。笑い声をあげながら、娘の期待に添うよう事を進めた。次々に部屋をよこぎっては、おどけた口調で自分がすることを説明していく。

「キャリーはクッションの下にはいませんでした……。キャリーはソファーの後ろにもいませんでした……」

心理学者は、かくれんぼが子どもに親と離れることを建設的に経験させる遊びであって、教育のために役立つ方法のひとつであると主張する。一時的かつ疑似的な別離をくり返すことで、子どもは両親と自分を結び付ける絆(きずな)の強さを身にしみて理解していくのだという。その効果を得るには、遊びが本物の演劇のように機能しなければならない。子どもが再会という喜びを見いだす前に、興奮、期待、わずかな恐怖といった幅広い感情を、ごく短時間のうちに体験させなければならない。

それらすべての感情を充分に味わうためには、楽しみを多少長びかせ、不安な気持ちをすぐに取り除かないことが必要となる。当然ながら、わたしが目を開く前すでに、キャリーがどこに隠れているのか分かっていることもしょっちゅうだった。でも、あの時は、そうでなかった。二、三分のあいだ芝居がかった捜索を続けたのち、わたしはそんな振る舞いをやめて娘を捜しはじめた。本気で。

わが家がいくら広いからといって——建物の西側の角を占める、二百平方メートルからなるガラスの直方体のような部屋——隠れる場所が無限にあるわけではない。印税のすべてを注ぎ込んで、数か月前に購入したばかりだ。ランカスター・ビルの住宅化プロジェクトには買い手が殺到し、わたしが狙ったアパートメントが最後の物件だった。最初の下見の時点でとても気に入り、物件を手に入れてすぐに入居するため、わたしは不動産の開発業者に袖の下を払うしかなかった。入居するとすぐに、わたしは可能なかぎり壁を取りはらい、蜂蜜色の寄せ木張りの床と、最小限の家具と内装を施したロフトに改装したのだった。いっしょに遊んだ最後のころになると、キャリーは洗濯乾燥機の後ろや掃除用具入れのなかといった手の込んだ隠れ場所をみつけることができるようになっていた。

多少の苛立ちをおぼえながら、わたしは忍耐強く隅から隅まで、あちらの家具の裏、こちらの家具の裏と覗いて回った。それをくり返す。慌てていたせいでレコード盤とターンテーブルが置かれたオーディオラックに激しくぶつかってしまった。衝撃でターンテーブルの針が跳んで音楽が止まり、室内に静寂が訪れた。

まさにその瞬間、みぞおちの辺りに不安の塊を感じた。

「キャリー、ママは降参よ！　もう出てきてちょうだい、急いで！」

玄関ドアを確認するため、わたしはエントランスホールへと駆け込んだ。頑丈なドアは二重に施錠されている。鍵束に取りつけた家の鍵は、子どもの手では届かない上部の鍵穴に差し込まれていた。

「キャリー！　もう出ておいで、ママは降参だって言ってるのよ！」

わたしは落ち着こうと必死に努めながら、襲いかかってくるパニックをせき止めようとした。キャリーは必然的にアパートメント内にいる。ドアに差し込んだままの鍵がシリンダーを塞いでいるので、たとえ合鍵を持っていても外からは開けられない。窓についても、建物の改修時にすべて開閉できないように固定してあるはずだ。だからキャリーは家から出られなかったし、だれもなかに入ることはできなかった。

「キャリー！　どこにいるのか言いなさい！」

わたしはセントラルパークの半分を走ってよこぎってきたかのように息切れしていた。息を吸おうといくら口を開いても、空気が肺にまで届いてくれない。不可能だ。アパートメント内でかくれんぼをしている途中でいなくなるなんてありえない。それは必ずハッピーエンドで終わる遊びなのだ。姿を消すことは、形だけの、一時的な演出のはず。それ以外にはありえない。それは、かくれんぼという概念のＤＮＡ自体に刻まれている。相手をみつけられるという確信があるからこそ、遊びに興じられるのだ。

「キャリー、もういい加減にしなさい。ママは怒ってるよ！」

ママは怒っている、でもほんとうはとても怖かった。三度目、あるいは四度目かもしれないが、わたしはいつもの隠れ場所をすべて確認したのち、最も可能性の低そうな場所を捜しはじめる。洗濯機のドラム内、はるか昔に塞がれたはずの暖炉の排気口。重い冷蔵庫を動かし、仮天井内の空調ダクトを調べるためにブレーカーを切ることまでした。

「キャ、リ、ー！」

わたしの叫び声はアパートメント中に響きわたり、窓ガラスを震わせた。反響がすぐに消えると、静寂が訪れた。外では、太陽が消えていた。寒かった。予告なしに冬が再来したかのように。

わたしはしばらく汗をかいたまま、涙が頰を伝ったまま立ちすくんでいた。ふと我に返ったそのとき、キャリーの室内履きの片方が玄関の廊下に転がっていることに気がついた。薄いピンクのベルベット製の室内履きを手に取った。左足のほう。もう片方を探したけれど、彼女といっしょに消えてしまったようだった。

その時点で、わたしは警察を呼ぼうと決めた。

3

最初にやってきた警察官は、ウィリアムズバーグ北地区を管轄とする第九十分署の刑事マーク・ルテッリだった。まもなく定年を迎えそうな警官。疲れきったようすで、目の下のたるみもあったけれど、彼は状況が緊迫していることをすぐに察知して、きびきびと動いてくれた。アパートメント内を詳細に調べ直したあと、ルテッリはビル全体を調べるための応援と科学捜査班の出動を要請し、さらにはランカスター・ビルの住人からの聴き取りを行うため二名の警官を充当、そして彼自身も、管理事務所のスタッフと合同で監視カメラの録画検証に立ち会ってくれた。

わが家を訪れたルテッツリは、室内履きの片方がなくなっていることから、すぐに〝誘拐警報システム〟の発動を試みるべきだと提案したが、州警察はその承認に先立ち、より具体的な証拠の提供を求めた。

　時間が過ぎていくなか、わたしは心配でならなかった。完全に途方に暮れ、どうすれば役に立てるのか分からなかったが、それでも、どうしても何かがしたかった。わたしは自分の担当編集者の留守番電話にメッセージを残す。「ファンティーヌ、助けてほしい、キャリーがいなくなってしまって、警察もここにいるけど、どうしたらいいか分からない、心配でおかしくなりそう、今すぐ折り返し電話して」

　やがてブルックリンに夜が訪れた。娘が戻ってこないばかりか、ニューヨーク市警(NYPD)による捜査のどれひとつとして手がかりに繋(つな)がるものはなかった。娘はまるで、わたしが油断をしていた隙に、榛の木の王(エルルケーニヒ)（シューベルトの歌曲〈魔王〉の原題。ミュッソ『パリのアパルトマン』にも記述がある）によって闇のなかに連れ去られてしまったかのようだ。

　午後八時、地下倉庫を調べるチームに付き添い、わたしも下に降りていたところ、ルテッツリの上司フランシス・リチャード警部補までもが、ランカスター・ビルの玄関前広場に姿を見せた。

「ご自宅の電話の傍受を始めています」と、トレンチコートの襟を立てながら女性の警部補は告げた。

ビルの前のベリー・ストリートは封鎖され、そこに身を切るような風が吹き込んできた。

「娘さんを誘拐した犯人の男あるいは女が、身代金の要求、もしくは別の理由であなたに電話をかけてくる可能性がないわけではありません。ただ現時点では、あなたに署までの同行をお願いできればと思います」

「なぜですか？ どうして娘が誘拐されたと思うんですか？ 玄関のドアなら、ちゃんと……」

「まさに、そういうことを知りたいのですよ、コンウェイさん」

わたしは闇のなかに浮かびあがるビルの巨大な姿を見あげる。なぜかキャリーはまだ建物のなかにいると感じていたので、その場を離れてはならないと思った。同意が得たくてルテッリに視線を合わせたが、彼は上司の意見に従う。

「コンウェイさん、ご同行願います。いくつかわたしたちの質問に正確に答えていただく必要があるんですよ」

フローラ・コンウェイ氏の聴取記録抜粋

二〇一〇年四月十二日月曜日、ニューヨーク市ブルックリン区ユニオン・アベニュー二一一番、郵便番号一一二一一、第九十分署内にてマーク・ルテッリ刑事およびフランシス・リチャード警部補により実施された。

午後八時十八分

リチャード警部補　（自身のメモを読みあげながら）あなたはキャリーの父親の氏名がロメオ・フィリッポ・ベルゴーミであると言いました。パリのオペラ座のバレエダンサーである、そうですね？

フローラ・コンウェイ　コリフェ・ダンサー（上級の群舞ダンサー）です。

ルテッリ刑事　それは、いったいどういう意味なんですか？

フローラ・コンウェイ　オペラ座バレエ団の階級には、エトワールを頂点として、プルミエ、スジェ、コリフェがあります。

リチャード警部補　負け組だったという意味でしょうか？

フローラ・コンウェイ　いいえ、あなたの質問に答えただけです。

ルテッリ刑事　ベルゴーミ氏は現在二十六歳、そうですね？
フローラ・コンウェイ　もう確認済みだと思いますけど。
ルテッリ刑事　ええ、こちらから連絡を入れましたよ、あなたがそうすべきでしたね。当人は非常に心配しているようすでした。急いで飛行機に乗ったはずなので、明日の午前中にはニューヨークに着くでしょう。
フローラ・コンウェイ　あの人が娘のことを心配するのは、これが初めてですね。実際のところ今日まで、気にもしなかったわけですから。
ルテッリ刑事　恨んでるんですか？
フローラ・コンウェイ　いいえ、わたしはこれでいいと思っています。
ルテッリ刑事　ベルゴーミ氏、あるいは彼の親しい人間がキャリーに危害を加える可能性はあると思いますか？
フローラ・コンウェイ　それはないと思いますけど、断言はできません。それほど彼のことを知っているわけではないので。
リチャード警部補　ご自分の娘さんの父親のことを、知らないと？

午後八時二十五分
ルテッリ刑事　コンウェイさん、あなたには敵がいますか？

フローラ・コンウェイ　知っているかぎりは、いません。

ルテッリ刑事　だとすれば反感でしょうね、おそらく。どういう人間だったらあなたのような有名作家を恨む可能性がありますか？　不遇をかこっている同僚とか？

フローラ・コンウェイ　わたしには〝同僚〟なんていません。工場とか事務所に働きに行くわけではないので。

ルテッリ刑事　つまり、分かるでしょう？　わたしの言いたいこと。本を読まない人がどんどん増えていますよね？　そうなると当然ながら競争が激しくなる。作家たちの関係も険悪になる、例えば、嫉妬心とか……。

フローラ・コンウェイ　そうかもしれませんが、子どもの誘拐までするなんてありえません。

リチャード警部補　あなたが書かれる小説は、どのようなジャンルですか？

フローラ・コンウェイ　あなた方が読む類いの小説ではないです。

ルテッリ刑事　それでは、読者のほうはどうですか？　あのスティーヴン・キングの『ミザリー』の話にあるような、完全にいかれた読者に気づいたことは？　やたらと干渉したがる読者からの手紙やメールを受けとったことはないですか？

フローラ・コンウェイ　わたしは読者からの手紙は読みませんが、わたしの本の発行人が読んでいるはずですから聞いてみたらいいです。

ルテッリ刑事　どうして読者からの手紙を読まないんですか？　読者が自分の本をどう思っているか興味はないのですか？
リチャード警部補　なぜです？
フローラ・コンウェイ　ないです。
フローラ・コンウェイ　読者は自分の読みたい本を読むからです、わたしが書いたから読むわけではありません。

午後八時二十九分
ルテッリ刑事　作家業ですが、実入りのいい仕事ですか？
フローラ・コンウェイ　人によりけりです。
ルテッリ刑事　というのも、われわれはあなたの銀行口座を調べたのですが、うなるほど金があるわけではない……。
フローラ・コンウェイ　アパートメントの購入とその改修に印税のすべてを使いました。
ルテッリ刑事　確かにあのアパートメントなら、ずいぶん金がかかったんでしょうね。
フローラ・コンウェイ　わたしにとって、とても大切なことでした。
リチャード警部補　どういう意味です？
フローラ・コンウェイ　自分を守るための壁が必要でした。

ルテッリ刑事　自分を守るって、だれからですか？

午後八時三十四分

リチャード警部補　（AFP通信の記事を片手に持ちながら）あなたのことが昨年の新聞に出てますね、今言うことでもありませんが、カフカ賞の受賞、おめでとうございます。

フローラ・コンウェイ　タイミングが悪いのは確かね……。

リチャード警部補　しかし、あなたはプラハでの授賞式に出席しなかった。というのも、記事によればですが、あなたは〝社交不安障害〟に悩まされていると、事実ですか？

フローラ・コンウェイ　………。

ルテッリ刑事　どうなんです、コンウェイさん？

フローラ・コンウェイ　こんな質問で時間を無駄にするより、優先するべきことがあるのでは……。ほんと、あなた方の頭のなかがどうなっているのか知りたくなります。

リチャード警部補　昨夜はどこにいました？　お嬢さんとご自宅のアパートメントにいたのですか？

フローラ・コンウェイ　昨夜は外出していました。

リチャード警部補　どこへ行きました？

フローラ・コンウェイ　ブッシュウィック（家賃が高騰したウィリアムズバーグを逃れて、アーティストたちが移り住んだ南東の隣町）まで。

ルテッリ刑事　ブッシュウィックといっても広いですよね。

フローラ・コンウェイ　フレデリック・ストリートにある〈ブーメラン〉というバー。

リチャード警部補　社交不安障害があるのにバーに出かけるというのは妙な話ですよね、どう思います？

フローラ・コンウェイ　オッケー、社交不安障害の件ですけど、これは発行人のファンティーヌが思いついたばかげた作り話、わたしがジャーナリストや読者と会わずにすむようでっちあげたんです。

ルテッリ刑事　なぜ彼らと会うのを拒むんです？

フローラ・コンウェイ　それはわたしの仕事でないから。

ルテッリ刑事　あなたの仕事というのは何なんですかね？

フローラ・コンウェイ　本を書くことであって、売ることじゃないです。

リチャード警部補　では、そのバーについての話に戻しましょう。あなたが不在のとき、いつもだれがキャリーの世話をしているのですか？

フローラ・コンウェイ　たいていはベビーシッターの女性です。都合が悪いときは、ファンティーヌに頼みます。

ルテッリ刑事　で、昨夜は？　あなたが〈ブーメラン〉に出かけていたあいだは？

フローラ・コンウェイ　ベビーシッターでした。
ルテッリ刑事　その女性の名前は？
フローラ・コンウェイ　分かりません。ベビーシッター派遣事務所に頼むので、毎回違う女性が来ますから。

午後八時三十五分
ルテッリ刑事　そのバー、〈ブーメラン〉で何をしましたか？
フローラ・コンウェイ　バーで普通にすることね。
ルテッリ刑事　何杯も飲んだと？
リチャード警部補　ナンパもした？
フローラ・コンウェイ　それも仕事のうちです。
ルテッリ刑事　あなたの仕事っていうのは酒を何杯も飲むことですか？
リチャード警部補　そして男をナンパすること？
フローラ・コンウェイ　わたしの仕事は、人々を観察し、話しかけ、彼らの私生活を見抜いて、その秘密を想像することなんです。それがわたしの執筆の燃料になるんです。
リチャード警部補　昨夜は出会いがありましたか？
フローラ・コンウェイ　それがいったい何の役に……。

リチャード警部補　コンウェイさん、あなたは男のひとりとバーを出たのですか？
フローラ・コンウェイ　ええ。
ルテッリ刑事　相手の名前は？
フローラ・コンウェイ　ハッサン。
ルテッリ刑事　ハッサン何というんです？
フローラ・コンウェイ　知りません。
ルテッリ刑事　二人でどこに行ったんです？
フローラ・コンウェイ　わたしの自宅。
リチャード警部補　彼と性的な関係を持ちましたか？
フローラ・コンウェイ　………。
リチャード警部補　コンウェイさん、あなたはご自分の娘さんが寝ている自宅のアパートメントのなかで、数時間前に出会った見知らぬ人物と性的な関係を持ったのですか？

午後八時四十六分
ルテッリ刑事　この録画映像をよく観ていただきたい。これは本日の午後、お宅のビルの七階の廊下に設置された監視カメラが撮影したものです。
フローラ・コンウェイ　そんな場所にカメラがあるとは知りませんでした。

リチャード警部補　六か月前の共同所有者組合総会の投票で決定しています。裕福な人たちがアパートメントを購入、改修するようになってから、ランカスター・ビルのセキュリティは非常に強化されたんです。

フローラ・コンウェイ　その言い方は批判的に聞こえますね。

ルテッリ刑事　このカメラはお宅の玄関ドアを鮮明にとらえています。今は、あなたがキャリーと幼稚園から帰宅したところが映ってます。画面下の時刻を観てください。十五時五十三分。そのあとは何も起こらない。早送りにして観ましたが、十六時五十八分にわたしが到着するまで、玄関に近づいた者はいなかった。

フローラ・コンウェイ　だから、そう言ったじゃないですか！

リチャード警部補　どうも話の辻褄（つじつま）が合わないですね。あなたは事実をすべて語っていないように思うんです、コンウェイさん。お宅のアパートメントに人の出入りがなかったとすると、お嬢さんはまだアパートメント内にいるということじゃないですか。

フローラ・コンウェイ　そう思うのなら、みつけてください！

（わたしは椅子から立ちあがった。鏡に映った自分を見る、青ざめた顔、シニヨンにまとめた金髪、白いブラウス、ジーンズ、〈パーフェクト〉のライダースジャケット。立っていよう。そのまま動くものかと自分自身に言い聞かせる必要を感じた）

リチャード警部補　座ってください、コンウェイさん！　聴き取りは終わっていません。まだあなたに聞きたいことがあるのです。

(頭のなかで、立ち向かわなければとくり返す。苦難に遭うのは今回が初めてじゃない。わたしは生き抜いてきたのだから。それに、この悪夢だっていつかは終わるのだからと。それに……)

ルテッリ刑事　お願いだ、コンウェイさん、座ってくれませんか。

リチャード警部補　まずい、彼女、気を失っちゃったじゃない。ルテッリ、ぼんやりしてないでよ！　応援を呼んできて！　これは面倒なことになるな、くそっ！

2　嘘だらけ

作家と話すときは、彼らが普通の人間ではないという点をいつも念頭に置いておかなければいけない。

ジョナサン・コー

1

六か月前の二〇一〇年四月十二日、三歳の娘キャリーがウィリアムズバーグの自宅でわたしとかくれんぼをしているあいだにさらわれた。

警察署内で聴取を受けていたわたしは途中で気を失ってしまい、ブルックリン・ホスピタル・センターの一室で目を覚ましたが、その後の数時間を連邦捜査局(FBI)の捜査官二人の監視下におかれた。捜査権限がFBIニューヨーク支局に移っていたのだ。捜査官のひとりがわたしに言ったのは、捜査班がうちのアパートメントを「洗って」いる最中でありもしまだキャリーがなかにいるなら、いずれみつかるだろうということだ。二度目の聴取に耐えるほかないわたしは、自分に問題の原因があるかのような、キャリーの身に何が起きたのか、その謎の答えを、このわたしが握っているかのような矢継ぎ早の質問に、またしても責められているように感じた。

気力が戻った時点で、わたしは病院を出たいと、そして出版人ファンティーヌ・ド・ヴィラットの家に身を寄せたいと要求した。ランカスター・ビルに戻ることが許されるまで、わたしは彼女の家に一週間ほど滞在したのだった。

2

あれ以来、捜査は一歩も進展しなかった。

何か月ものあいだ、薬のせいで靄(もや)のかかったような日々をわたしは過ごしていた。手がかりの発見、あるいは容疑者の逮捕、身代金の要求というような何かが起こってくれるのを絶望的な気持ちで待っていた。娘の遺体が発見されたと伝えに来る警官を待つことさえあった。希望もないまま待ちつづけるよりは何でも良かった。虚無よりは、何でもましだった。

ランカスター・ビルの前には、昼夜を問わず何時であろうと、テレビカメラ、報道写真家、わたしにマイクを向けようとするひとりもしくは数人の記者たちがいた。数十人が待ち構えていた最初の数日間ほどではないけれど、外出を諦めるには充分だった。

彼らが〝キャリー・コンウェイ事件〟と呼ぶこの出来事は、ニュース専門チャンネルが執拗(しつよう)にくり返す表現を借りるなら、「アメリカ中が釘(くぎ)付け」のゴシップとなっていた。もはや何でもありだった。「新・黄色い部屋の謎（『黄色い部屋の謎』はガストン・ルルー作の推理小説。密室トリックの古典）」、「ヒッチコック作品そのままの悲劇」、「アガサ・クリスティー・バージョン２・０」、さらには娘の名前のせいかスティーヴン・キングへの言及はもとより、ソーシャルニュースサイト〈Ｒｅｄｄｉｔ〉ではとんでもない説まで持ち出され、あっという間に拡散するありさまだった。

一夜のうちに、わたしのことなど聞いたこともないし、わたしの著作はおろか、本など一度も読んだことのない者たちが、わたしのこれまでの小説から〝隠された〟いくつかの文章を発掘しては、それをこねくり回してばかげた推測をひねり出した。わたしやわたしと交流のあった人たちの人生が、あら探ししかしないハイエナのような連中の餌食となった。そこでわたしの頭に叩(たた)きこまれたのは、娘の行方不明に関して、どうあっても責任はわたしにあるとの結論に至るという原則だった。

そして、メディアの反応は、まさに最悪の判事だった。彼らは、いかなる証拠、いかなる考察、いかなる微妙な事情も気にかけることはない。真実ではなく、見世物を探し求めていた。映像による安易な誘導、無気力な報道、クリック依存症によって思考能力を奪われた読者たちを惹(ひ)きつけようと、最も手短かつ些末(さまつ)なものを選んで提供する。娘が行方不明になったという、わたしを打ちのめす悲劇は、彼らにとってはひとつの娯楽、ショー、もっともらしい言葉や冷笑を競う対象でしかないのだ。正直に言うなら、このような扱いは、低俗もしくは大衆向けの媒体に特有なものではない。硬派とされるメディアも存分に楽しんだ。豚といっしょに泥のなかを転げ回るほかの媒体と同じように楽しんでいるくせに、それを素直に認めようとはしない。そして恥も外聞も捨てて、自分たちの覗き趣味に〝調査報道〟という衣をまとわせて擬装する。それは、彼らが不健全な魅惑にとらわれていること、そして彼らが行うハラスメントを、正当化する魔法の言葉なのだ。

　包囲されたわたしは囚人で、一日中、七階のガラスの直方体のなかに引きこもっている。ファンティーヌが何度も自分の家に来たらと誘ってくれたけど、もしキャリーが帰ってくるなら、ここ、わたしたちの家、わたしたちのアパートメントのはずだと自分に言い聞かせていた。

　唯一の逃げ場所、それはビルの屋上だった。竹垣に囲まれた旧バドミントンコート、そこからは三百六十度のパノラマで、マンハッタンとブルックリンの輪郭線(スカイライン)が望める。都会は、遠くにあるようにも、同時にまた近くにあるようにも思えた。風のなかに蒸気を吐きだすスチームパイプ、ビルの窓にきらめく反射光の移ろい、褐色砂岩の建物正面（ファサード）にしがみつく非常用はしご、それらの細部のすべてが見分けられる気がした。

　新鮮な空気が吸いたくて、一日に何度も屋上に上がった。ときにはさらに上の、ビルの給水塔に通じる錆（さ）びた鉄製はしごを登ることさえあった。そこからの眺めは目もくらむばかり。天空と虚空とがわたしの注意力を奪い合う。目を下に向けるたび、飛びおりたい誘惑を感じ、家族の絆や友情を少しも育むことのできなかった自分の人生をかつてないほど思い返すことになった。

　キャリーはわたしにとって世界との唯一の繋がりだった。娘をみつけられなければ、わたしがいつか虚空に身を投げるであろうことは分かっている。それは運命という書物のどこかに刻まれているのだ。それが今日なのかを知るために、毎日わたしは給水塔まで登ってみる。今のところ、それをわたしが行動に移すのを、希望という極細の糸が阻んでいる。だが娘の不在が続くなかで恐れも感じていた。自分はもうこれ以上この状況に耐えられないのではないかと。頭のなかで、いくつもの極端な考えが共存していた。寝汗にまみれ、息が詰まり、チェーンの外れた自転車のようにがたつく心臓に合わせて全身を震わせながら、ベッドからガバッと飛び起きない夜など一度もなかった。記憶のなかで、キャリーの面影がだんだんと薄れていく。娘を失いつつあるのが分かった。娘の顔がはっきりしなくなり、その仕草の細部、眼差し、正確な声の抑揚が思いだせなくなっていた。何が原因だろう？　アルコール？　抗不安剤？　抗鬱剤？　そんなことはどうでもいい。いずれにせよ、もう一度キャリーを失いつつあるように思えた。

不思議なことに、わたしのことを心配してくれる唯一の人間が刑事のマーク・ルテッリだった。彼は三か月前に定年退職していたが、少なくとも週に一度は顔を見せ、個人的に続けている捜査の状況——今のところ進展はないが——を知らせてくれた。

それと、わたしの作品を出版するファンティーヌがいた。

3

「フローラ、何度も言うけど、あなたは絶対にこのアパートメントを出るべき」

午後の四時だった。手に紅茶のカップを持ってキッチンのスツールに腰掛けているファンティーヌ・ド・ヴィラットは、もう何度目だろう、わたしに引っ越しを勧めている。

「新しい場所でなければ、あなたは立ち直れない」

ファンティーヌは花柄のカシュクール・ワンピースの上に〈パーフェクト〉の黒いライダースジャケット、ヒールのある鹿毛（かげ）色のレザーブーツという格好だった。真珠で飾られた幅広のバレッタでシニヨンにまとめた髪が、秋の陽（ひ）を反射してマホガニー色に輝いている。

彼女を見れば見るほど、鏡に映った自分を見ているような気がする。ここ数年来、立ちあげた出版社の成功と同時に、ファンティーヌは変わった。かつては地味でごく平凡だったが、自信と魅力を身につけた。今の彼女は、会話においても聞くよりは話すことが多くなり、自分の意向に沿わないことをなかなか受け入れないようになった。細かな手直しを加えていった結果、彼女は異なるバージョンのわたし自身となった。同じように装い、わたしの冗談や言葉づかい、乱れ髪を耳の後ろに撫でつける仕草まで自分のものとして。メビウスの帯の目立たないタトゥーを首の右側に入れたけれど、それもわたしと同じだった。わたしが落ちこんでしおれるほどに、彼女は花開き、光り輝いていく。

わたしがファンティーヌと初めて会ったのは、今から七年前、パリのサロモン・ド・ロチルド館の庭園で、当時アメリカ文学界の売れっ子だったある作家の新作発表の催しが行われていた会場でのことだった。

ヨーロッパを放浪するため数か月のあいだニューヨークを離れていたわたしは、旅費の足しにしようとちょっとしたアルバイトをしていたのだが、その晩は招待客のグラスにシャンパンを注ぐ仕事だった。あのころのファンティーヌは、ある大手出版社の女性文芸部長の、アシスタントの、そのまたアシスタントだった。言いかえれば、何者でもない人間。ファンティーヌは透明人間だった。目に見えないから、人は彼女にぶつかっても気づくことはない。自分の存在を申し訳なく感じ、自身の身の置き場や目のやり場に困っていた〝ミス・セロファン〟。

彼女の存在が見えていたのは、このわたしだけだった。なぜなら、わたしが真の小説家だからだ。なぜならそれがわたしの取り柄だったから。というより、たったひとつの才能かもしれない、本人ですら気づいていない何かを当人に代わってキャッチすることが。いずれにせよ、わたしは他人よりもそれを上手くやることができた。彼女は英語も話せたので、わたしたちは何度か言葉を交わした。彼女の内にある相反する感情、自分が活動している出版界を毛嫌いしているにもかかわらず、どうしてもそこに属していたいという執着心にわたしは驚かされた。そして、彼女のほうもわたしの内に何かを見いだし、それをわたしが心地よく感じたことは認めよう。自分がある小説を書き終えつつあると、彼女に話してしまったのだから。二〇〇一年九月十日の晩、マンハッタン南のバワリーにあるバーですれ違ったニューヨーク市民たちの軌跡を描く『迷宮(ラビリンス)にいる少女』という題名の、いわばコーラス形式の群像劇である。

「ラビリンスというのは、バーの名前なの」わたしは説明した。

「その小説、いちばん初めにわたしに送ってくれるって約束して！」

数週間後、わたしはニューヨークに戻って書きあげた原稿をメールで彼女に送った。それから十日間、何の知らせもなかった。原稿を受けとったという報告も。そうして九月のある日の午後、ファンティーヌがうちの呼び鈴を鳴らした。当時わたしはヘルズ・

キッチンの狭いアパートメントに住んでいた。十一番街の古びた建物で、でもハドソン川と対岸のニュージャージーのとてつもない眺望を楽しめた。あの日のファンティーヌの姿がはっきりと目に浮かぶ。明るいベージュのレインコート、お嬢さま風のメガネ、銀行員のようなアタッシュケース。彼女は前置きなしに、『迷宮（ラビリンス）にいる少女』が大いに気に入った、ぜひ出版したい、けれども彼女が働いている出版社からではない、わたしの小説を刊行するための、特別あつらえの理想的な宝石箱を立ちあげ、そこから出したいのだと言った。そんな計画は信じられないと告げたところ、彼女はアタッシュケースから資金融資に関する銀行との約定書が入ったファイルホルダーを取りだした。「フローラ、事業を始めるための元手は手に入れました。あなたの文章に力づけられたの」。そして目を輝かせながら、こうつけ加えた。「わたしを信頼してくれるなら、あなたの本のために、わたしは息が尽きるまで闘ってみせるつもり」と。わたしは自分の小説のことを自分自身のように感じていたので、彼女はわたしのために息が尽きるまで闘ってくれるのだと理解した。そんなことを言われたのは初めてだったので、わたしは彼女の真剣さを信じた。だから彼女にわたしの本の出版権を独占的に与えたのだ。

　ファンティーヌは約束を守り、わたしの本の刊行にあたって、身も心も捧（ささ）げてくれた。それから一か月も経たないうちに、『迷宮（ラビリンス）にいる少女』は、フランクフルト・ブックフェアで二十か国以上と翻訳出版契約が結ばれた。アメリカではマリオ・バルガス・リョサの賛辞とともに〈クノップフ社〉から刊行されたが、彼は本書を評して、自身の代表作『ラ・カテドラルでの対話』と「同じ岩に刻まれた」ような小説であると明言している。ニューヨーク・タイムズ紙で作家たちを震えあがらせる花形文芸批評家のミチコ・カクタニは、この小説について「荒々しく大胆な文体」で展開され「人生の断片を積み重ねることで終焉（しゅうえん）を迎えつつある世界のはっとするような肖像画（ポートレート）」を描き出していると評価した。

エンジンがフル回転しはじめた。だれもが『迷宮（ラビリンス）にいる少女』を読んでいた。まともな動機で読んだとはかぎらないし、まるで見当違いの評価も多々あった。だがそれは成功につきもののプロセスではあった。

もうひとつファンティーヌが天才的だったのは、わたしのメディアへの露出に希少性を与えようと思いついたことだ。わたしは表舞台に出ることを拒絶したが、ファンティーヌはそれを嘆く代わりに、どことなくヴェロニカ・レイク（一九四〇年代のハリウッドで活躍した女優。いつでもプラチナブロンドの髪で右目を隠すというファム・ファタルぶりで人気を博した）を思わせるたった一枚の謎めいたわたしのモノクロ写真しかメディアには提供しないという方針を貫いた。わたしはジャーナリストのメールによるインタビューには応じるけれど、彼らに会うことは決してないし、書店でのサイン会、あるいは大学や図書館でのトークイベントもあえて断っていた。多くの作家たちが私生活をさらけ出したり、ネット上で際限ない議論にうつつを抜かしたりするなかで、わたしのメディアに対する禁欲的な姿勢は目立った。どんな記事においても、わたしは「秘密のベールに包まれている」、あるいは「謎多き」フローラ・コンウェイとして紹介された。それは、わたしにとっても好都合だった。

　わたしは第二の小説、さらに第三の小説を書きあげ、そのどちらもがわたしに文学賞をもたらした。その成功により、パリを本拠地とした〈ファンティーヌ・ド・ヴィラット出版社〉は国際的な信用を得た。彼女はほかの作家たちの本も出版するようになった。ある者はフローラ・コンウェイのように書こうとし、ある者は絶対にフローラ・コンウェイのようには書かなかったが、みんなが結局のところ、わたしとの関係において自分を位置づけていた。それもまたわたしには好都合だった。パリでは、サン＝ジェルマン＝デ＝プレ界隈（かいわい）の出版関係者たちがファンティーヌを褒めそやす。「難解な文学」を出版するファンティーヌ、小型書店を守るファンティーヌ、自社の作家たちを守るファンティーヌ、ファンティーヌ、ファンティーヌ、ファンティーヌ……。

　わたしたち二人のあいだにある大きな誤解がそれである。つまり、わたしを〝発掘〟したとファンティーヌがほんとうに思っていること。わたしの小説を話題にする際、彼女が「わたしたちの本」と言ってしまうことさえあった。遅かれ早かれ出版人とはそうなるものなのだとわたしは想像する。でもはっきり言って、彼女が購入したサン＝ジェルマン＝デ＝プレの住まいとケープ・コッドのセカンドハウス、そしてソーホーに借りたアパートメントの家賃はいったい、だれが払ったというのだろう？

キャリーを身ごもったとき、初めてわたしは、人生が小説を書くよりも面白いと感じた。その印象はあの子が生まれたあとも続く。そして、より育児に打ちこむようになったわたしは、〝ほんとうの人生〟にますます忙殺されることとなった。現実の外側へ逃れる必要性が少なくなっていた。

キャリーが最初の誕生日を迎えたころ、ファンティーヌはわたしの次回作の進み具合について心配していると言った。わたしは、小説をもう書かないというわけではないけれど、長い休暇をとるつもりであると彼女に伝える。

「子どもがいるからって、自分の才能を台なしにするつもりじゃないでしょうね！」彼女はいきり立った。

わたしはそう決めたのだと告げる。わたしの人生における優先順位が変わり、自分のエネルギーを本にではなくわが娘に向けたいのだと。

だが、それをファンティーヌは受け入れなかった。

4

「そのブラックホールから抜けだすには、あなたは執筆に取りかからなければいけない」

ファンティーヌは紅茶のカップをテーブルに置き、肩をすくめるような仕草をしてから、自分の言葉を正当化する。

「あなたはお腹のなかにまだ三冊か四冊の大作を秘めている。それを吐きださせるのがわたしの仕事」

人の苦しみには鈍感で、とっくの昔にキャリー失踪を過去のものとしてしまった彼女は、それを隠そうともしない。

「どうやって書けって言うわけ？　わたしは大きく開いた傷口そのものでしかない。毎朝、もうすべて終わりにしたいと願いながら目を覚ましているのよ」

わたしは居間に退散したが、彼女はあとを追ってくる。

「ずばりそれを書くべきじゃないかな。わが子を失った芸術家はたくさんいるけど、だからといって、それが彼らの創作活動の妨げになったわけじゃないでしょう」

ファンティーヌは理解しない。子どもを失うことは、それを乗り越えたから強靭になれるという類いの試練ではない。血肉を二つに引き裂くような苦痛なのだ。そして、その傷が癒えるという希望も見いだせないまま戦場で打ちひしがれることになる。でもそれを、彼女が分かろうとしないと知っているから、わたしは先を言わせないようにする。

「あなたには子どもがいない、だから口を出す権利がないということ」

「まさにそれ、わたしはあなたの今の気持ちに興味があるの。様々に異なる文学の形式があるけれど、傑作というのはすべて苦悩に支配された状況下で書かれてきたわけでしょう」

逆光が差すなか、ガラスの間仕切りを背にシルエットだけになったファンティーヌは例を列挙する。

「ヴィクトール・ユゴーは『明日、夜明けとともに』の詩を娘が亡くなって間もないころに書き、マルグリット・デュラスは戦時中の真っ黒になるほど書き込んだメモ帳を元に『苦悩』を執筆し、ウィリアム・スタイロンが『見える暗闇』を書いたのは、五年間の鬱病から脱したときだった、それから……」

「やめて！」

「書くことがあなたにとっては命綱だった」ファンティーヌは言い張る。「自分の書いた本がなければ、あなたはまだ〈ラビリンス〉かほかのバーで、飲んだくれたちにお酒をサービスしてまわってたんでしょうね。わたしに会いに来たときと同じ人間、つまり落ちこぼれの放浪娘で……」

「話を書き換えないで、わたしに会いに来たのは、あなたのほうでしょう！」

彼女のやり口は知っている。わたしを挑

発するのだ。一時は上手くいったかもしれないけれど、今は違う。

「フローラ、よく聞いて。今のあなたは、ずっと自分が望んできた場所にいる。思いだして、あなたはまだ十四歳、カーディフの市立図書館でジョージ・エリオットかキャサリン・マンスフィールドの本を読んでいるところ。あなたは、今現在の自分になることを夢見ていた。世界中の読者が次の著作を待っている謎多き小説家フローラ・コンウェイになることを」

　ファンティーヌの演説にうんざりしたわたしはソファーにへたり込んだ。本棚の前に立った彼女は棚を一段ずつ探っている。やっと捜し物をみつけたようで、それは数少ないわたしのインタビュー記事を載せている古いニューヨーカー誌だった。

「あなた自身がインタビューのなかで何度もくり返していたでしょう、〝フィクションは不幸を遠ざけておくことを許してくれます。もし自分の世界を何から何まで創造していなかったら、わたしは他人の世界のなかできっと死んでいたでしょう〟って」

「それは『アナイス・ニンの日記』から拝借したんだと思う」

「どうでもいいことね、そんなことは。あなたが望もうと、望むまいと、あなたはまた書きだすの。なぜなら、あなたは書かずにはいられないから。そして例のちょっとした儀式を始める、カーテンをすべて閉め、部屋が冷蔵庫になるくらいまでクーラーをつける。やぼったいジャズのレコードを回して、蒸気機関車のようにタバコを吸いまくる。

「でもそう上手くはいかない、フローラ。あなたが書くことを決めるのは作品のほうであって、逆ではないの」

ときどきわたしは、ファンティーヌがほんとうは存在していないように感じる。わたしの頭のなかに響く声でしかないような。ジミニー・クリケット（映画「ピノキオ」に登場するコオロギのキャラクター。ピノキオに善悪を教える）とミス・ハイド（映画「ジキル博士はミス・ハイド」の登場人物。ジキル博士の曾孫リチャードが完成させた薬で変身した悪女。リチャードの身体を乗っ取ろうとする）が交互に現れるように、挑発的な思考や矛盾した思考が頭のなかを渦巻く。わたしが反応しないものだから、ファンティーヌはふたたび攻撃を仕掛ける。

「苦悩、それは作家にとって最良の燃料なの。もしかしたらいつの日か、あなたはキャリーの失踪がチャンスだったと思うことだってありうるのだから」

わたしは言い返さなかった。わたしは消えつつあって、だんだん怒りさえも感じなくなっていた。せいぜい口にできたのは、これだけだった。

「出ていってくれないかな」

「すぐに出ていくけど、その前に、あなたをびっくりさせるプレゼントがあるの」

彼女は〈セリーヌ〉のグレインレザーのトートバッグ〈ファントム〉から箱を取りだした。

「違う」

それから……」

「持って帰って。あなたからのサプライズ・プレゼントなんて欲しくもないから」

ファンティーヌはわたしの言葉を無視して、箱を居間のテーブルに置く。

「何、それ？」

「問題解決の第一歩かも」、そう彼女は答えると、玄関を出て、ドアをバタンと閉めた。

3 地下三十六階

書くことに酔いしれていなさい、そうすれば現実世界の破壊的な力があなたを支配することはない。

レイ・ブラッドベリ

1

さしあたっての問題、それはファンティーヌが〝タバコ〟という最悪の言葉をわたしの頭のなかに植えつけてしまったせいで、どうしても一本吸いたいと思っていることだ。キッチンの棚の上に、こんなときのために封を切ったタバコの箱が置いてあった。

タバコに火を点け、落ち着かない気分で三服ほど吸ってから、ファンティーヌが居間のテーブルに置いていったプレゼント――どうせ何か企んでいるのだろうけど――を確かめるために近づいた。焦げ茶色の木箱で、高さは十センチくらい。斑点のある艶めく表面は妖しい赤みがかった反射を見せ、蛇の皮を思わせる。わたしには、開ける前にもう何が入っているのか想像がつく、高級ブランドものの万年筆だ。書くという行為に関して、ファンティーヌはロマンチックな幻想を抱いている。彼女はわたしが〈カランダッシュ〉の万年筆でクリストファー・ストリートに店を構える〈モレスキン〉で買ったノートに草稿を綴っていると思い込んでいる。だから始終、わたしの作品が出版されたり新たな翻訳本が出たりすると、法外な値段の万年筆を贈ってくれるのだ。

見当違いもいいとこ、そんな具合にはいかないの。

ひとつの小説に取りかかる前に数百ページのメモをとるのは事実だけど、たいていの場合それは、近所の店で買った九十九セントのメモ帳に〈Ｂｉｃ〉のボールペンで書いていくのだ。小説家が腕の太さもあるような〈モンブラン〉で執筆するなんて、映画か広告の世界でしかありえない。

　箱を開けると、なかにはビンテージものの万年筆と瓶入りインクが入っていた。おそらく一九三〇年代の〈ダンヒル・ナミキ〉だろう、金のペン先に、螺鈿と金箔、卵殻の蒔絵をあしらった艶やかな黒い胴軸といった美しいモデルだった。ペン先のほうからうねるような波文が流れ、それがインクタンクの辺りで重なり合う桜の小枝に場を譲る。人の存在の儚さを象徴する、あの桜。

箱から万年筆を出してみる。美しいオブジェ、本物の芸術作品ではあるけれど、あまりにも時代遅れだった。わたしはゼルダ・フィッツジェラルドやコレットがココアを舐(な)めながら——もしくはジンかウォッカを飲みながら、と言うほうが真実に近いのだろうが——同じような筆記具で執筆している光景を想像してみた。胴軸には真珠色のサイドレバーがついている。それを操作し、ペン先をインクボトルに浸してインクを吸い上げる。インクは銅(あかがね)色でとろみがあるようだ。

　わたしは万年筆を手にしたままキッチンのテーブルに向かう。ほんの数秒間、お茶を飲むのだと自分に言い聞かせたものの、結局はワインセラーで眠っている白ワイン〈ムルソー〉を引っぱり出すだろうと分かっていた。ずっと前にレシピを書き留めたノートを探しながら、グラスに注いだワインをちびちび味見しはじめる。ノートはオーブン用の調理器具といっしょに片づけてあった。ページをめくると、当時、わたしの料理への関心はクレープシュゼット（砂糖をまぶした熱いクレープにオレンジリキュールをかけて着火する）とグラタン・ドフィノワ（薄くスライスしたジャガイモに生クリームを注ぎ、ニンニクを加えてオーブンで焼いたもの）止まりでそれを超えることはなかったようだ。万年筆のキャップを外し、ノートの空白ページに自分のサインをして書き味を確かめる。ペン先が紙の上を滑る。柔らかで滑らかな文字、インクが出すぎることも出が悪いこともなかった。

2

「わたしは慰めの文学を嫌悪します」と、インタビューのたびに明言するようにしてきた。「文学は世界を修復したり修正したりすべき役目を負っているなどと思ったことは一度もありません。何より、拙著を読んだあとで読者が良い方向に向かってくれるよう書くことも絶対にありません」とつけ加えるのが常だった。

なぜそう言ったのか、そんなわたしを人々が期待していたからだ。というか、わたしがファンティーヌといっしょに創りあげたフローラ・コンウェイという人物に、人々がそういう期待を寄せていたからだ。人々は〝誠実である〟とされる作家にそれを求めている。美的で知性的な文学の理想を擁護し、表現形式以外に目的を持たないことを作家に求めているのだ。オスカー・ワイルドの「本は、よく書けているかいないか、それだけである」という主張をひけらかすような作家であることを。

実を言うと、わたしはそんなことは何ひとつ信じていない。むしろいつも反対のことを考えていた。つまりフィクションが持つ偉大な能力とは、現実から逃避したり周りの暴力から受けた傷を癒やしたりする力をわれわれに与えてくれる点にあるのだ、と。じっと〈ダンヒル・ナミキ〉を見る。わたしは昔からペンが魔法の杖（つえ）であると固く信じてきた。真面目に。嘘偽りなく純粋に。なぜなら、わたしにとってペンは実際に魔法の杖だったからだ。言葉が〈レゴ〉ブロックだった。それらを組み合わせながら、わたしはもうひとつの世界を辛抱強く築いていった。仕事机に向かっているときのわたしは、たいていのことが自分の思い通りになる世界の女王だった。自作の登場人物たちに対する生殺与奪権を握っていた。ばかな連中を殺すのも、感心な者たちに特赦を与えるのも、その時の気分次第で何ら説明することなしに判決を下すこともできた。これまで三冊の本を出したが、頭のなかには構想を練っている本が十冊ほどある。それら全体がひとつの虚構世界を形づくっていて、わたしは現実世界と同じくらいの時をそのなかで過ごしていたのだ。

けれど、その虚構世界に今のわたしは近づくことができなくなってしまった。魔法の杖は、つまらない飾り物となり、三歳の小さな娘の失踪に直面して何ひとつ役に立たなかった。現実が、自己の解放を試みたわたしに報復するため、苦悩を引き連れ舞いもどっていた。

グラスを何度もいっぱいにする。アルコールと向精神薬のカクテル、自滅するには最高の組み合わせだ。

疲れと悲嘆の闇がわたしを覆い尽くす。「もしかしたらいつの日か、あなたはキャリーの失踪がチャンスだったと思うことだってありうるのだから」ファンティーヌの不愉快なあの言葉が頭のなかで反響する。今はひとりなので、もう流れる涙を止めようとはしなかった。彼女との会話は傷跡を残した。パチンと指を鳴らせば、わたしがまた仕事に取りかかれるなんて、ファンティーヌはどうして考えられたのか？　なんて厚かましいんだろう。執筆には並外れたエネルギーを必要とする。体力と精神力とを消耗するのだ。ところが、わたしという船はいたるところ水浸しだった。ひとつの小説を書くには、自分の内面を深く下りていかなければならない。それは暗い場所で、わたしはそこを〝地下三十六階〟と呼んでいるのだが、最も大胆な発想や、一瞬放たれる強烈な光、登場人物たちの魂、創造性の火花がみつかるのは、まさにそこなのだ。けれども、〝地下三十六階〟は敵意に満ちた領域でもある。そこを守護する者たちと対峙したのち、その旅から無事に戻ってくるためには、わたしから枯渇してしまった源泉が必要だった。それなのに、もはやわたしの血管には、朝から晩まで、焼き尽くすような痛みが果てしなく流れているだけだった。わたしは書けなかった、書きたくなかった。わたしの望みはひとつだけ——もう一度、娘に会いたい。たとえそれが最後の機会になろうとも。

わたしが書いたのはそれだ、呪文のように。小さなレシピのノートに、万年筆で書いた。

キャリーに会いたい。
キャリーに会いたい。
キャリーに会いたい。

最後にもう一杯、ムルソーを飲む。今夜、かってないほどわたしは自分を見失ってい た。極限の精神状態、自殺の寸前にいた。ふらつきながら、それでも何とか寝室まで行こうとしたが、結局、打ちのめされたようにキッチンの寄せ木張りの床にくずおれた。目を閉じると、夜がわたしをその渦のなかに吸いこむ。わたしは灰色の空に浮かんでいた。黒い雲がわたしの周りでちぎれる。そして、靄の向こうからエレベーターが現れた。なかにはひとつのボタンしかない。ただひとつの行き先、地下三十六階。

3

すると突然、そこにキャリーがいた。生きている。

それは晴れた冬の日で、場所は彼女が通う幼稚園に近いマッカレン公園の児童庭園。

「見て、ママ、行くよ！」滑りおりる前に、滑り台の上から娘はわたしを呼んだ。

わたしは娘を両腕で受けとめ、お腹に抱える。娘の髪とうなじの温もりを吸いこむ。抱きしめると、その香りと弾ける笑い声にうっとりした。

「アイスクリーム、食べたい？」

「寒い！　ホットドッグがいい！」

「じゃあ、そうしましょうね」

「行くよ！」娘は元気よく叫んだ。

それがいつだったかはっきり思いだせないけれど、ロシア正教会の顕栄聖堂前に広がる芝生のあちらこちらに、まだ少し雪が残っていた。だから一月か二月だったのだろう。キャリーのあとを追い、ホットドッグの屋台で注文してやると、娘は、コンクリート階段に陣取ったスケーターたちが設置した大型ラジカセ（ゲットーブラスター）から流れる古いレゲエのリズムに合わせて、身体を揺すりながら頬張った。キルトスカートにグレーのタイツ、青いピーコート、それに耳当て付きのニット帽を被（かぶ）った彼女が踊るのを見ていた。あの子の陽気さ、あの子のエネルギー、わたしの人生を変えた、あの周りの人にまで伝わっていく生きる喜びをわたしはふたたび目にしていた。そしてわたし自身も、人生の旋風に巻きこまれるがまま、身を委ねていた。

4

翌朝は七時より少し前に目が覚めた。重苦しい霧がかかったような眠りのはずだったのに、その夜は風のそよぎのように一瞬で過ぎ去った。短い夜を通じて夢のなかにキャリーが現れ、しかも細部や匂いや感覚をふんだんに味わうことができた。

目覚めは辛（つら）く、顔と上半身は汗だくで手足が強（こわ）ばっていた。やっとの思いでバスルームまでたどり着き、長いあいだ熱いシャワーの下で立ち尽くしていた。こめかみで血が脈動する。息切れがし、胃酸が逆流して苦しかった。

信じられないくらい鮮明なキャリーのイメージが頭のなかに侵入し、視界を遮った。昨晩、いったい何が起こったのか？　あんな夢は見たことがない。正当かつ単純な理由から、わたしが体験したあれは夢ではなかったのだ。夢ではない別の何かだった。記憶を完璧に再現できる糸で紡がれた心的表象。現実よりもリアルな現実。あの幻想はどのくらい続いたのだろう？　数分、それとも数時間？　あれはファンティーヌが贈ってくれた万年筆のおかげだろうか？　結局のところ、そんなことはどうでもよかった。何より重要なのは、ほんの束の間でも娘にまた会えたということだ。わずかな時間、それも架空の再会ではあったけれど、自分にとっては悪いことよりも良いことのほうが多かった。

わたしは歯をガチガチいわせながらバスルームから出た。体中が痛い。脇腹、背中、頭。寝室に戻り、午前中ずっとベッドのなかで昨晩見た映像を何度も思い返す。そして、ベッドに入ったままノートパソコンを開き、例の万年筆について調べはじめた。

日本で作られた〈ナミキ〉は、一九二〇年代、仏英両国にてアルフレッド・ダンヒルによって販売された。英国人実業家は日本の工房による新製品の美しさに魅了されたのだ。その卓抜な発想とは、従来の黒いエボナイトに代えて、漆――一本の木から樹液を採取し尽くしたのち、すぐに幹を伐採して新芽を育てるのだという――を用いた蒔絵で、万年筆の本体を覆うことだった。螺鈿や金箔からなる細かな装飾を組み合わせる工芸技法による、当時の宣伝パンフレットによれば、それぞれが「ただひとつの、魔法のような」万年筆だった。

昼下がり、週に一度は決まって顔を見せるようになっていたマーク・ルテッリがやってきたとき、わたしはベッドから抜けだした。毎週月曜日、彼がウィリアムズバーグのユダヤ人居住区にあるコーシャ（ユダヤ教徒が食べても良いとされる〝清浄な食品〟）食品店〈ハッツラチャ〉で買ってきてくれるジャガイモとチーズを巻いたブリンツをキッチンで食べながら、わたしたちは会話をするのだった。元刑事は独自の調査を続けており、とくにキャリーがいなくなる前夜、わたしと夜を過ごした男ハッサンについて、またキャリーの面倒を見るために派遣事務所から送られてきたフィリピン人ベビーシッターのアメリータ・ディアスについて調べていた。これまでのところ、ルテッリの再調査報告はどれもがっかりするものだったが、少なくとも、諦めない点には価値があったし、わたしが会ったほかの捜査員とは異なり、キャリーの失踪に関して、彼はわたしに何らかの責任があるとは決して考えていなかった。

その日、わたしはすぐに彼の表情から何か新しい情報を持ってきたと感じた。ずいぶんだらしない格好で、まるで車のなかで徹夜したかのように髪はボサボサだったけれど、隈の目立つ目はいつもより輝いていた。

「マーク、何か分かったのね？」

「落ち着くんだ、フローラ」ルテッリはスツールのひとつに腰掛けながら言った。

彼はゆっくりブルゾンを脱ぎ、ホルスターを外してテーブルの上に置いた。平静を装ってはいるものの、いつもとはようすが違っていた。今日はブリンツを持ってこなかったようだが、わたしは彼に昨夜開けたワインの残りを注ぎ、隣に腰掛けた。

「あんたには正直に言おう」と言いながら、使い古した革のアタッシュケースを開く。

「これからしゃべることだが、すでにＦＢＩの担当管理官、パールマンには知らせておいた」

心臓に杭を打ち込まれたような激痛を感じた。

「ルテッリ、何か発見したのね？　話して、お願い！」

彼はアタッシュケースから古いノートパソコンと厚紙のファイルホルダーを取りだす。

「説明する時間をくれなきゃ」

あまりにも神経が高ぶっていたわたしは、彼のために注いだムルソーのグラスをつかむと、一気に半分ほど空けてしまった。元刑事は眉をひそめたのち、ファイルホルダーから何枚か写真を取りだす。

「一度もあんたには話していなかったけど、ここ数週間ほど、おれはかなりしつこくあんたの出版人を尾行していたんだ」と彼は説明し、望遠レンズで撮った写真をわたしの目の前に並べた。

「ファンティーヌを？　でも、なぜ？」

「なぜって、しない理由はないだろう？　彼女はあんたのごく親しい人間のひとりだし、よくキャリーの子守りもやっていたわけで……」

わたしは写真を見た。グリニッジ・ビレッジにいるファンティーヌ、ソーホーの自宅を出るファンティーヌ、ユニオンスクエア・グリーンマーケットのファンティーヌ、プリンス・ストリートの〈セリーヌ〉でショーウィンドーのハンドバッグをみつめるファンティーヌ。いつも完璧な身だしなみのファンティーヌ。

「尾行して何が分かったの？」

「大した収穫はない」ルテッリは白状する。「少なくとも、昨日の昼まではね」

彼は最後に二枚の写真を見せた。サングラスをかけ、ジーンズにテーラードジャケットという装いのファンティーヌが、古美術商か古書専門店らしき店内にいるところをガラス越しに撮った写真。

「これはイースト・ビレッジにある〈ライター・ショップ〉という店なんだ」

「聞いたことない」

「ファンティーヌはそこで万年筆を買った」

わたしは元刑事に、それは〈ダンヒル・ナミキ〉に違いない、わたしを執筆に取りかからせようと、昨日ファンティーヌがわたしに贈ってくれたのだと説明した。強い関心を示した彼は、万年筆を見せてくれと頼んだ。わたしは〈ナミキ〉を見せたが、その夜に見た夢の話はしなかった。たったひとりしかいないわたしの支持者に、頭が変になったと思われたくなかった。

「この万年筆についてだが、あんたが知っておくべきことがある」元刑事は言う。「これはヴァージニア・ウルフが持っていたものだと言われてる」

「それって、うちの娘と何の関係があるの？」

「まさにその点だよ。〈ライター・ショップ〉は、有名な作家の遺品や私物を扱うのが専門なんだ」と、ルテッリはパソコンで店のホームページに入りながら説明する。「正気の沙汰でない額を払えば、あんたもジョルジュ・シムノンのパイプのひとつ、あるいはヘミングウェイが自分の脳みそを吹き飛ばした猟銃が手に入る」

わたしは肩をすくめる。

「今の時代を象徴するような話ね。ますます真の読者がいなくなっている。人々は作品に関心を寄せるのではなく、芸術家その人に興味がある。その人生に、顔に、過去に、情事に、その作家がネットに上げるばかげた投稿に。その人の著作以外なら何でもいいというわけ」

「この店には、何か引っかかるところがあった」ルテッリは続ける。「それで、ちょっと洗ってみたんだ。収集家のふりをして店に入って、その後メールで何度か問い合わせもした」

元刑事はメールを開くと、画面をわたしに向けた。

「店主の回答がこれだ」

5

送信者　ライター・ショップ、イースト・ビレッジ
宛　先　マーク・ルテッリさま
件　名　当店カタログ厳選品の一覧、送付のお知らせ

ご依頼の件につき、当店ホームページに未掲載の販売品目の一覧を添付いたしましたのでご参照ください。なお、各品目の詳細につきましては個別にお問い合わせください。

以上、よろしくお願いいたします。

店主　シャタン・ボガット

ドナシアン・アルフォンス・フランソワ・ド・サド（一七四〇―一八一四）
油彩画『イタリアの風景』二点　ジャン＝バティスト・ティエルス画、サド侯爵が所有し、その著作『ジュリエット物語あるいは悪徳の栄え』に登場する廃墟（はいきょ）を舞台に、いくつかの乱交の情景を描いたもの。

オノレ・ド・バルザック（一七九九―一八五〇）
リモージュ焼き磁器製コーヒーポット　〝H・B〟のイニシャル入り。作品群『人間喜劇』の作者バルザックが所有した、作家にとってのいちばんの盟友――バルザックは毎日五十杯ものコーヒーを飲み、十八時間以上も書きつづけることがあった。彼が五十一歳で死んだのは、カフェインの過剰摂取が原因だと主張する者もいる。

クヌート・ハムスン（一八五九―一九五二）
写真　一九二〇年度ノーベル文学賞に輝くノルウェー人作家の、アドルフ・ヒトラー首相といっしょに撮られた写真。

マルセル・プルースト（一八七一―一九二二）
『失われた時を求めて――スワン家のほうへ』　パリ、ベルナール・グラッセ社、一九一三年、初版本。最上級和紙印刷の限定五部の内の一冊、セレスト・アルバレ（プルーストが病没するまでの九年間、家政婦として、また口述筆記などもする秘書として献身的に仕えた女性）が所有していたもの。
この本は、マルセル・プルーストが晩年大部分の時間を過ごしたという寝室のベッドカバーの青い絹地を用いて製本されている。

ヴァージニア・ウルフ（一八八二－一九四一）
万年筆〈ダンヒル・ナミキ〉　蒔絵入りの黒漆塗り。一九二〇年代末、『ダロウェイ夫人』の著者に、彼女の友人かつ愛人であったヴィタ・サックヴィル＝ウェストが「この雑然とした人生のなか、あなたには不動の輝く星でありつづけてほしい」という手書きの言葉のほか、「魔法のインク」入りの小瓶も添えて贈ったもの。ヴァージニアはこれを小説『オーランドー』を書くときに用いた。

ジェイムズ・ジョイス（一八八二－一九四一）
『汚い手紙（Dirty Letters）』下書きの一部　長年にわたり発禁処分となっていた、妻ノラに宛てた一九〇九年の手紙。

アルベール・コーエン（一八九五－一九八一）
赤地に黒斑点の入った絹製の部屋着　作家が『おお、あなた方人間、兄弟たちよ』の執筆時に着ていたもの

ウラジーミル・ナボコフ（一八九九－一九七七）
モルヒネ注射アンプル（二十ｍｇ／ｍｌ）の三回分　ナボコフが所有していた。

ジャン＝ポール・サルトル（一九〇五－一九八〇）
メスカリンの粉末と注射器　戯曲『アルトナの幽閉者』を執筆中、フランス人哲学者は想像力を刺激するために利用していた。

シモーヌ・ド・ボーヴォワール（一九〇八－一九八六）
青染めのアルパカ毛のターバン　本人が所有していたもの。

ウィリアム・S・バロウズ（一九一四－一九九七）
＊三八口径のピストル　一九五一年九月六日、バロウズはこのピストルで妻ジョーン・フォルマー・アダムズを射殺してしまう。メキシコに滞在中だったその晩、酒盛り中に自分の射撃の腕を見せたくなったバロウズは、ウィリアム・テルを真似て妻の頭の上にシャンパングラスを置いて撃ち、狙いを外した。
＊マリファナタバコ　一九九七年八月二日に心臓発作で死去したバロウズが着ていた上着のポケットに入っていたもの。

ロアルド・ダール（一九一六－一九九〇）
〈キャドバリー〉社の板チョコレート　ダールの所有、『チョコレート工場の秘密』を書くインスピレーションを作者に与えたという。

トルーマン・カポーティ（一九二四－一九八四）

骨壺（こつつぼ）『ティファニーで朝食を』の作者の遺灰が納められている。

ジョージ・R・R・マーティン（一九四八－）
マイクロコンピューター〈オズボーン〉本機に搭載のワープロソフト〈ワードスター〉を用いて、マーティンは「氷と炎の歌」第一部『七王国の玉座』を執筆した。

ネイサン・フォウルズ（一九六四－）（ミュッソ『作家の秘められた人生』の主人公）
〈オリベッティ〉社製タイプライター　淡い緑色のベークライト製。このタイプライターでフォウルズは、一九九五年度ピューリッツァー賞を受賞した小説『アメリカの小さな町で』を執筆した。（インクリボン二個付き）

ロマン・オゾルスキ（一九六五－）
〈パテック・フィリップ〉社製腕時計　永久カレンダー、3940G。二〇〇五年春の小説『消えた男』発表を祝って、オゾルスキに彼の妻が贈ったもの。裏蓋に英語で「あなたはわたしの心の静けさであると同時に混乱でもある」との文字刻印あり。

トム・ボイド（一九七〇－）（『作家の秘められた人生』にも名前が登場する架空の作家）
ノート型パソコン〈パワーブック〉540c、カリフォルニア出身のボイドに友人のキャロル・アルヴァレズが贈ったもの。この〈マッキントッシュ〉を用いて〝天使の三部作〟の最初の二作を執筆した。

フローラ・コンウェイ（一九七一―）

ピンクの室内履き　ベルベット製、玉飾り（ボンボン）つき、右足のみ。二〇一〇年四月十二日に行方不明となったコンウェイの娘キャリーが履いていたもの。

6

「この店のオーナーというのは何者？」わたしは画面から目を上げて聞いた。

「シャタン・ボガットという男で、いかさま師だな、何度か贋作（がんさく）の販売で有罪判決を受けている」

「そんなところだと思った。リストの大部分は偽物でしょう。ましてや、うちの娘の室内履きなんて。ルテッリ、ばかばかしくてお話にならない」

「FBIも同じことを言ってるね。だが一応、確認のためにシャタン・ボガットの聴き取りには行くようだ」

数分で興奮から落胆に突き落とされた。まったくの空騒ぎ。わたしは失望を隠せなかったし、ルテッリにもそれは伝わったはずだった。

「フローラ、そろそろ失礼するよ。がっかりさせて申し訳なかった」

気にすることないからと、わたしはともかく彼の努力に感謝した。去る前に彼はヴァージニア・ウルフの万年筆を預かりたいと言い張った。「分析させるから」と。

ひとり取り残されて、また消えたくなった。いなくなってしまいたい。だれにも引き上げられないくらい深いところまで沈んでしまいたい。そのためにわたしは、昨夜と同じシャットダウンの儀式を開始する。要するにワインと向精神薬をミックスするのだ。また例のレシピをメモしたノートを取りだすと、万年筆をルテッリに預けてしまったことを後悔する、自分の頭のなかを占めつつあるすべては幻想にすぎないし、そんな頭がわたしに質（たち）の悪いいたずらを仕掛けているとよく分かってはいたのだが。でも残っているのはインクボトルのみ。魔法のインク。小瓶を開け、わたしは人差し指をマホガニー色に光る液体に浸す。その指で、ノートの見開きページに、何度か乱暴にメッセージを書きつけた。

　　いなくなる一時間前の
　　キャリーに会いたい

わたしは一種の魔術的な考えに侵されていた。その儀式が過去へと通じる窓をわたしに提供し、娘のいなくなった当日にわたしを投げこむという奇抜な考えである。眠気を誘うカクテルの作用に支配され、わたしはアパートメントのなかをふらついた末、ベッドに倒れこむ。窓の外はもう夜だった。寝室も、わたしの精神も暗がりのなかに沈んでいった。思考に靄がかかるのを感じた。うわごとを言っていた。現実世界がねじれて奇妙なイメージに変貌していく。夢のなかに、昔の大きなホテルで見たようなエレベーターボーイがいきなり現れた。金のモールと金ボタンのついた刺繡入りの深紅のジャケットを着た男は、過度に面長で、変形した耳、ウサギを思わせる巨大な歯といった恐ろしい形相をしていた。

「ご存じですか、あなたが何をなさろうが、物語の結末は変えられないのです」と、エレベーターの扉を開けながら男はわたしに警告した。

「わたしは作家です」エレベーターに乗りながら答える。「物語の結末を決めるのはわたしです」

「あなたの小説ではそうかもしれない。でも、現実においては違います。作家は世界を支配しようとするものですが、ときに世界は黙ってはいません」

「ともかく下に降りたいんです、お願いできますか？」

「地下三十六階、ですね？」エレベーターボーイは扉を閉めながら確かめてきた。

4　チェーホフの猟銃

人生においては支払いがすべてで、死のみが無料だが、それさえも命と引き換えなのだ。

エルフリーデ・イェリネク

1

春のニューヨークによくある、気持ちの良い晴れた日の午後だった。マッカレン公園そばのモンテッソーリ・スクールのホールには光が溢れていた。廊下で待つ父母たちの一部はサングラスをしたままでいる。不意に扉が開くと、三歳から六歳までの子どもたち二十名ほどが教室から笑い声をあげ、大騒ぎしながら飛びだしてきた。走り寄ってきたキャリーを抱きとめ、わたしたちは外に出た。彼女は上機嫌で、でもベビーカーに乗ることは拒んでわたしと並んで歩きはじめる。キャリーが三歩ごとに立ち止まるので、ブロードウェイの角にある〈マルチェッロ〉の店まで三十分もかかってしまった。キャリーは時間をかけて自分のコンポートとカンノーロを選んだけれど、ランカスター・ビルに着く前にもう食べ終えていた。

「かわいいお嬢さん、あげたい物があるんだ」玄関ロビーに着いたとき、新任の管理人トレヴァー・フラー・ジョーンズが娘に声をかけた。

すぐには食べてしまわないと約束させてから、キャリーにゴマ入り蜂蜜キャンディーを差しだし、そして、ママが小説家なのはとても幸運なんだよ、なぜって毎晩ベッドですてきなお話をしてくれるからとも言った。

「そんなことを言うのはわたしの小説をひとつも読んだことがないからね」

「おっしゃるとおりです、コンウェイさま、読む時間がありませんでした」とトレヴァーは白状した。

「読む時間を割こうとしなかったのね、その二つは同じではないんです」とわたしが応じているあいだに、エレベーターのドアは閉じてしまった。

もうすっかり決まり事になっているとおり、わたしはキャリーが最上階七階のボタンを押せるようにと抱え上げる。エレベーターは大きな金属音をたてて動きだしたが、それに慣れたわたしたち母娘のどちらも怖がることはない。

家に入るとすぐにキャリーは小さなスニーカーを脱いで、ふわふわした玉飾り(ポンポン)のついた。オーディオラックに向かうわたしについてきて、レコード盤――ラヴェルの〈ピアノ協奏曲ト長調〉第二楽章――がターンテーブルに載せられると、まもなく始まる曲を拍手で迎える。そのあとの数分間は、洗濯物を干すわたしにくっついたまま離れず、それから、かくれんぼ遊びをせがみだした。

（わたしは熱に浮かされている。今回のイメージの拡張は一時的なもので、シャボン玉のように儚く消えてしまうのではないかと感じている。そして、この過去に開かれた窓が突然、何か新事実を知る前に閉じてしまうのを恐れた）

「キャリー、分かった。かくれんぼしましょう」

「ママ、お部屋に行って二十まで数えて！」

キャリーは寝室までついてきて、わたしがちゃんと壁に向かって目をつぶるのを確認した。

「ズルしちゃだめよ、ママ！」隠れにいく前に、娘はわたしに注意した。

わたしは両手で目を塞ぎ、大きな声で数えはじめる。

「一つ、二つ、三つ……」

寄せ木張りの床を歩く小さな足音が聞こえる。キャリーは部屋から出たところだ。わたしは胸が締めつけられる。

「四つ、五つ、六つ……」

アダージョの澄明な音が続くなか、娘が居間をよこぎりながら、ガラスの間仕切りの向かいに置かれた〈イームズ〉のソファーにぶつかる音が聞こえた。けだるく、うっとりさせる音楽は、どこか催眠術のようで、人を辺獄(リンボ)に沈めようと脅かす。

「七つ、八つ、九つ……」

わたしは目を開ける。

居間のほうに首を伸ばすと、ちょうどキャリーが廊下を曲がるところだった。見失ってはならない。娘が怪しまないように、わたしは数を数えつづける。

「……十、十一、十二、十三……」

こんどはわたしも居間をよこぎる。摩天楼の背後から、太陽が非現実的な光を漏らしている。光のベールがアパートメント全体を照らす。みつからないように、わたしは廊下を覗いてみる。

「十四、十五、十六……」

キャリーは小さな腕で掃除用具入れの戸を開いた。なかに潜り込むのが見えた。でも、そんなことはありえない！　この場所ならもう二十回は確かめたのだ。

「十七、十八、十九……」

わたしは廊下まで進む。辺りに光が溢れていた。わたしは目を細める。心臓がドキドキした。真実がそこにある、手の届く場所に。すぐそこに。

「二十」

掃除用具入れの戸を開いたとたん、金粉のカーテンが波打ち、わたしの目の前で渦を巻く。目がくらむほど強力な琥珀色の雲のあいだに、エレベーターボーイの格好をしたウサギ男のシルエットが浮かび上がる。男が醜悪な口を開くとき、それはわたしに警告を発するためなのだ。

「ご存じですか、あなたが何をなさろうが、物語の結末は絶対に変えられないのです！」

いなくなる前に、男は恐ろしい哄笑を響かせた。

2

恐怖に襲われて跳ね起きると、わたしはベッドに斜めに寝ていた。部屋はまるで蒸し風呂。暖房を止めるために起き上がったが、またすぐ横になった。喉はカラカラで瞼はむくみ、こめかみが万力で締めつけられているように感じた。現実より真実味がある悪夢のせいで、一晩中ずっと走っていたかのように憔悴して息を切らす。十五分ほどそのまま横になっていたが、頭痛は治まるどころかひどくなり我慢の限度を超える。必死の思いで起き上がり、バスルームまで行くと、鎮痛剤〈ジクロフェナク〉を二錠つかんで飲み下し、水を何杯も飲んだ。首は麻痺しているし、手の指に関節炎が広がるように感じたので掌でさする。こんな状態でいるわけにはいかない。

ドアホンのチャイムがうるさく鳴りつづける。モニターをオンにすると、管理人トレヴァーの顔が映しだされた。

「コンウェイさま、マスコミ関係者がまた集まっています」

つまりうんざりさせられる事態に終わりはないということだ。

「マスコミ関係者？　どの？」

「いつものですよ」

頭のなか全体で脈打つ痛みを散らそうと、わたしはこめかみを揉む。

「あなたのお気持ちをうかがいたいと言っています。なんと答えたらいいでしょう？」

「クソ食らえと言っておいて」

わたしはドアホンを切ると、居間に置いたメガネをとって窓の下を覗いた。

トレヴァーの言うとおりだった。通りを挟んだランカスター・ビルの向かいに二十人ほどが陣取っている。腐肉に群がる連中、ドブネズミ、ハゲタカ、幼い娘の行方不明事件を餌食にするため、一定の間隔を置いて戻ってくるおよそ好感など持てない人々。どのような人生を歩んで、今、彼らはここに至っているのだろうか。どうしたらこんな仕事を毎日するようになれるのか。疚しさに目をつむるために自分を偽れるのか、夜帰宅して、わが子に自分の一日の仕事を正当化できるのだろうか。

なぜ今日にかぎって連中は大勢で舞いもどってきたのだろう？

メッセージが届いているか確認しようとスマートフォンを手に取ったが、充電されていなかった。充電コードをコンセントに繋いだとき、ルテッリがキッチンテーブルの上にピストルをホルスターごと置き忘れて帰ってしまったことに気づいた。〈グロック〉から目を逸(そ)らし——わたしは昔から武器が怖かった——テレビをつけてニュースチャンネルを次々に観ていく。

理由が分かるのに時間はかからなかった。

キャリー・コンウェイちゃん（当時三歳）行方不明事件の続報です。昨日の夕方、事件に関する容疑者として警察署に連行されていた五十代の男性が嫌疑不十分として釈放されました。イースト・ビレッジに骨董(こっとう)店を構えるシャタン・ボガットさんは、キャリーちゃんが行方不明になったときに履いていたとされる室内履きを販売しようとしましたが、それは偽造品であったことが判明、ボガットさんは冗談のつもりだったが悪趣味だったと釈明したもようです。これで捜査は振り出しに戻り……

テレビを消す。二分間だけ我慢して観た。いずれにせよ、わたしはこの荒唐無稽な話をまったく信じてはいなかった。スマートフォンの電源を入れると、ルテッリから電話をもらいたいという大量のメッセージが届いていた。

「マーク、おはよう」

「フローラ？　シャタン・ボガットが釈放されたんだ！」

「知ってる」わたしはため息とともに答える。「今、ニュースで観たところ。ところであなた、うちにピストルを忘れていったって自分で分かってる？」

ルテッリはその言葉を無視した。

「フローラ、連中は大きな間違いを犯しているぞ、あの万年筆だよ！」

「万年筆がどうしたの？」

「あんたから預かった万年筆を民間の研究所で分析してもらったんだ」

「仕事が早い！　それで、どうだった？」

「問題は万年筆のほうじゃなかった……」

彼が次に何を言うか、わたしには分かっていた。問題はイ、ン、ク、だ、っ、た。

「問題はインクだったんだ」彼は言った。「インクの成分だよ」

「何が問題なの？」

その時点で、わたしは何でもありうると思った。

「水、顔料、エチレングリコールが含まれていたが、それだけじゃなく……血も検出されたんだ」

「血って、人間の血液？」

「研究所は断定したんだよ、フローラ。娘さんの血だった」

3

めまい。

回転する歯車が、わたしを噛み砕くまで止まらない。

電話を切った。全身が硬直している。息ができない。窓を開けたいけれど、どれもはめ込み式だった。もうすべてが終わってほしい。反芻される思い、彷徨、次々に襲ってくる信じがたい展開。感情が激しく翻弄される。

慣れない手つきでホルスターからルテッリのピストルを抜きとり、弾が込められているのを確かめた。多くの小説家は知っているが、フィクションには〈チェーホフの猟銃〉と呼ばれる作劇法の原則がある。〝あなたが第一幕で壁に猟銃が架けてあると述べたなら、絶対に第二幕か第三幕で発砲の場面を用意しなければならない〟とチェーホフは警告する。そのとき、わたしはまさにそのことを思った。わたしが武器を手にとるように、そこに置いただれかがいるのだという気がした。

〈グロック〉を手にビルの屋上まで駆け上がると、元気を与えてくれる風と、空に昇っていく街のざわめきに迎えられた。少し歩いてみる。かつてのバドミントンコートを覆っている合成樹脂は剝がれつつあった。キャリーといっしょに野菜を育てていたプランターは雑草に占領されていた。

冷たい空気が脳の働きを活発にし、わたしの思考を助けてくれる。今や自分の感情や感受性は脇に置いて、理性のみに訴えなければならない。最初から、何かが嚙み合っていなかった。話が根本からずれていた。アパートメントが内側から施錠してあったのなら、キャリーがみつからなかったというのは不合理だ。そんなことは不可能だ、絶対にい、い、い、ありえない。

わたしはコナン・ドイルの言葉を思う。不可能を排除してみなさい、どれほどありえないように見えようが、必然的に残ったものが真実なのです、と。だがそれならば、どう説明できるのか？　もしかしたら、わたしは精神的な病を患っているのかもしれない。薬物による妄想のなかを漂っていたのかもしれないし、臨死体験後の昏睡状態にあったのかもしれない。もしかすると記憶喪失、あるいは若年性認知症にかかっているのかもしれない。いかなる可能性も排除するつもりはないが、それらが当てはまるとは思えなかった。

空が曇り、雲がどんどん厚みを増していく。突風が次々と吹きつけ、屋上を囲む垣根を震わせる。

わたしは何かを見落としている。些細なことではない。違う、何かもっと根本的なことだ。まるで最初から、わたしが現実に直面することを煙幕が妨げていたかのように思える。最初から、妄想ではなく、だれかがわたしを観察しているような気がしていた。自分の代わりに、だれかがわたしの行動を決めているような、そんな不快な印象を頻繁に感じていた。その感覚を合理的に説明するのは難しいが、わたしは初めて、物事の表面に突破口が開いたように感じた。

その感覚を明確にしようと試みた。この物語はすでに書かれたものだという印象はどこから来るのか？　自分の周りで起こることに影響力を持てないという印象は？　そして何より、だれかが糸を引いて、わたしを操り人形のように動かしているとの印象はどこから来るのか？　そう、わたしは操られていた。

でも、だれに？

もうひとつの感覚はより強力で、日が経つごとに膨らんでいった。自分は囚人であるという感覚だ。家から出なくなって何か月が経ったのだろう？　その理由をわたしは、マスコミ関係者の追跡から逃げるためであり、もしキャリーが帰ってきたときには家にいてあげたいからだと考えたが、この説明では根拠が乏しく説得力に欠ける。外出をほんとうに妨げていたものは何か？

あるイメージが頭のなかに広がる、プラトンの洞窟の比喩だ。人は無知のなかで生きていかざるをえない。洞窟のなか、奥に向かって身動きできぬ姿勢のまま囚われた人間にとって、奥の壁に映る影のみが現実であり、見せかけの投影を操る策士らに絶えず目をくらまされているのだ。

プラトンが描写した洞窟の囚われ人たちのように、わたしもこのアパートメントのなかで鎖に繋がれている。そして、彼らと同じように、わたしも現実の世界を見ていなかった。まやかしの陽の光によって浮き上がった、揺れ動く影を垣間見ることしかできなかった。断片と反響だけ。

そうだったのだ、わたしには何も見えていなかった。

何かが、あるいはだれかが意図的に、世界を間違った方法でわたしに見せていたのだと、わたしはその考えにしがみつく。現実は、わたしが信じていたものとは異なり、これまでのわたしは虚偽のなかに生きていたのだと。

どんな代償を払おうとも、わたしは無知のベールを切り裂く必要があった。

街の騒音がますます強く耳に響いた。クラクション、パトカーのサイレン、近くの工事現場から聞こえるクレーンの大音響、作業員が使う削岩機の轟音(ごうおん)。辺りに脅威が漂っていた。自分が発見するであろうことが怖かった。ひとたび洞窟から出た囚人たちが、暗がりは快適で、光は彼らを苦しめると理解したときの恐怖。

今、わたしは何ひとつ確信が持てない。「世界は空想なのか現実なのか、そして夢見ることと生きることに違いがあるのか、だれも知ることはできない」というボルヘスの言葉が頭に浮かび、現実はうわべだけのものにすぎないという印象がわたしのなかでいっそう強く蘇(よみがえ)った。

屋上には物理的にわたししかいない、それはよく分かっているのだが、またしても自分の周囲にだれかの存在が強く感じられた。目に見えないものに支配されている、別のだれかがわたしに影響を及ぼしている。

人形遣い。

敵。

最低の男。

小説家。

辺りの見慣れた景色が一瞬だけ震えた。そして硬直し、すべてがいっそう鮮明に見えるようになった。造船所の船渠(ドック)、旧精糖工場にそびえる赤レンガの煙突、イーストリバーを跨(また)ぐウィリアムズバーグ橋の堂々たる鉄の吊(つ)り構造。

徐々に明白な事実が現れてくる。わたしはある小説家の玩具なのだ。小説の登場人物だったのだ。タイプライターに向かって、というより実際にはワープロソフトの画面越しにだろうが、何者かがわたしの人生を弄んでいた。

わたしは敵を狩りだす。相手の手口はよく分かっていた、わたしも同じ商売だから。

そのことでわたしは、敵の裏をかけるという確信を得る。人形遣いは正体がばれるとは思っていなかったから、大慌てで操り糸をもつれさせているところだ。

予期していなかった突破口が開いた。あらゆる可能性、物語の結末を変える可能性に開かれた窓だ。主導権を奪還する術(すべ)をみつけなければならない。敵の支配から逃れるには、相手をおびき寄せるほかない。

わたしはブルゾンのポケットからルテッリのピストルを取りだした。長い期間を経てやっと今、わたしはいくらか自由を得たような気がした。まさかわたしがそんなことをするとは、ノートパソコンに向かっているその男は思っていないとわたしは知っていた。小説家たちは色々言うかもしれないが、彼らは自作の登場人物が自分の喉元にナイフを向けることを好まない。

わたしは〈グロック〉をこめかみに当てた。

またしても目に映るものが不規則に踊りだし、辺りの景色が変形していくように感じた。

景色が完全に消えてしまう前に、わたしは引き金に指を掛けると、モニターの後ろにいる男に向かって吠(ほ)える。

「わたしを止めたいなら、三秒だけ待ってあげる。一、二、さ……」

Roma(i)n（ロマン）の登場人物

5 時制の一致

*小説をひとつ書くのはそれほどむずかしくない（……）。しかし小説をずっと書き続けるというのはずいぶんむずかしい。（……）特別な資格のようなものが必要になってくるからです。それはおそらく「才能」とはちょっと別のところにあるものでしょう。

村上春樹

わたしは〈グロック〉をこめかみに当てた。

またしても目に映るものが不規則に踊りだし、辺りの景色が変形していくように感じた。

景色が完全に消えてしまう前に、わたしは引き金に指を掛けると、モニターの後ろにいる男に向かって吠える。

「わたしを止めたいなら、三秒だけ待ってあげる。一、二、さ……」

1

パリ、二〇一〇年十月十一日。

とっさのことで動転してしまい、わたしはノートパソコンをバタンと閉めた。椅子に座ったわたしの額は恐ろしいほど熱く、全身を悪寒に震わせていた。目がひりひりして、肩から首まで鋭い痛みのために麻痺している。

冗談じゃない、小説の登場人物が執筆中のわたしに直接呼びかけるなんて初めてのことだった！

わたしはロマン・オゾルスキという。四十五歳だ。ずっと書きつづけてきた。最初の小説『使者たち』が出版されたのは二十一歳のときで、まだ医学部の学生だった。その後も十八冊の小説を書き、すべてがベストセラーとなった。二十年以上も前から、朝起きるとパソコンの電源を入れ、ワープロソフトを起動させ、凡庸な世界を離れて自分の並行世界（パラレルワールド）に逃れるのだった。書く行為を趣味と思ったことはない。自分のすべてを注ぎ込んでいる。それを「特別な生き方」とフロベールは表現し、ポルトガルの小説家アントニオ・ロボ・アントゥーネスは「まさに麻薬だ。楽しみのために始めたはずが、その悪徳に迎合して自らの人生を構成するようになる」と言い放った。

したがってわたしは、作品に取りかかるのにいわゆる〝インスピレーション〟を待つことはなく、毎日のように朝から晩まで働く。むしろ反対に、たいていはわたしが働くからこそインスピレーションが訪れるのだ。そういった規律、粘り強さ、気難しさをわたしは愛する。何ひとつ容易ではないし、確実でもない。いつ惑乱に襲われてもおかしくない、書くことがわたしをどこに向かわせるのかは決して分からない。

毎日六時間の執筆――少なく見積もっても――だとすると、もう優に四万五千時間は執筆をしていることになる。紙の上の登場人物たちのなかで過ごす四万五千時間。その結果、わたしは（将来の元妻によると）「実生活に不適応な人間」になったのかもしれないが、同時に、フィクションの領分についてはよく分かる人間と自認しても許されるのではないか。とはいえ、たった今起こったことは、これまで一度も経験したことがなかった。わたしはインタビューを受けると「書くことで最も刺激的な瞬間は、自分の登場人物たちが本来与えられていた役割とは違うことを自主的にしたがるようになったときだ」と何度も言ってきたのだが、まさか自分自身がそんな状況に置かれるとは思ってもみなかった。

しくじったままではいられないと思い直し、わたしは再度ワープロソフトを起動し、物語を書きつづけようと試みた。

景色が完全に消えてしまう前に、わたしは引き金に指を掛けると、モニターの後ろにいる男に向かって吠える。

「わたしを止めたいなら、三秒だけ待ってあげる。一、二、さ……」

物語の続きを書こうとするのだが、画面上のカーソルの点滅が、わたしの瞳に小さな切り傷を負わせるように感じた。筋肉が硬直し、どう対応したら良いのか分からなかった。

小説を書くには、大きく二つの方法がある。以前のわたしは安全を重視していた。時計職人のように、何か月もかけて完璧な計画を綿密に練り上げた。わたしは、筋書き、思いがけない展開、登場人物の履歴、参考資料などを細かくノートに書き込んでいった。その準備作業が終わると、あとはノートを手に、物語を入念に追っていくだけだ。「本はほとんど完成した、あとは書くだけだ」と南仏生まれの作家ジャン・ジオノが言ったように。だがしかし、結末が知れている物語を書いて何が面白いのか？　年月とともに、わたしの執筆方法は変わってきた。今では、書いていくにしたがい、自分に向かって物語りながら自分自身の意表を突くよう努めている。プロットの結末を知ることなく突進するという、この方法が気に入っているのだ。物語はそれ自体が前もって存在していると考える〝スティーヴン・キング方式〟である。物語は地中に埋まった化石のようなもので、小説家は書き進めるにつれて発掘していくのだが、それが恐竜の骨なのかアライグマの骨なのか当初は分からないのだ。

わたしはその方法を、『第三の鏡面』（仮題）という次の小説で採用した。単純な状況（子どもの失踪）から書きだしたわたしは、各登場人物の提案に応じるつもりだった。彼らの人物像はまちまちで、ある者たちは飛び抜けて怠惰なスター俳優であり、まったくわたしに協力する気がないのか自分たちの台詞を暗唱するだけで満足している。またある者たちは反対に、率先して動きまわり、わたしが描いた軌跡を迂回させようとした。しかし今回はやり過ぎだった。フローラ・コンウェイは反抗するだけでなく、わたしの正体を暴いたのである。

雨粒が窓を叩き、凄まじい音をたてていた。三日前から重い流感に罹り、高熱とひどい咳のせいで頭がボーッとしていた。家から去った妻が忘れていったビキューナ（南米アンデス山脈に棲息するラクダ科ビクーニャから採れる毛織物）の肩掛けに包まったわたしは、居間のカウチとノートパソコンのあいだを行き来し、解熱剤とビタミンCを交互に摂取する。十五分ほど虚脱状態で椅子に座ったままパソコンの画面をみつめ、書きあげたばかりの四章に再考を加えようとするのだが、そうすればするほど不安は募った。ピストルを手にしたフローラ・コンウェイのイメージがあまりに恐ろしかったので、作業を諦め、コーヒーをいれようと立ちあがった。

2

壁の掛け時計に目をやる。まもなく午後四時。テオを学校まで迎えにいくのを忘れないこと。コーヒーをいれながら、窓から庭を眺める。空は真っ黒。午前中から土砂降り続きだった。まったく嫌になるパリの秋。

まさに泣きっ面に蜂、ボイラーの故障で居間は凍えるほど寒かった。屋根に大きな雨漏りの箇所があり、おまけに毎日のように電気ブレーカーが落ちるので、まるであばら屋に住んでいるような気分だった。とはいえこの家は大枚をはたき、六十年間ここで暮らしたという老夫婦から買ったのだ。一見、ずっとわたしが夢見ていたような、子どもを育てるには理想の住まいだった。庭付きの明るい二階建てで、リュクサンブール公園にもほど近い。しかし〝保存状態が良い〟と言われたこの家は、要するに〝古いまま〟だったのでかなりの工事が必要かと思われたが、わたしには改修する資金がもうなかった。もっとも、その気もなかった。

家を買いとったのは一年前のことで、そのわずか三か月後、アルミーヌはわたしと別れると言った。家を出るとき、妻は同時にわたしたち夫婦名義の銀行口座を凍結したため、わたしは彼女の同意なしには一サンチーム（百分の一ユーロ）も引き出せなくなった。アルミーヌの決断はわたしの生活を麻痺させた、彼女が協力的でなかったからだ。それどころか、わたしの要求をすべて喜々として拒んだのだが、わたしは彼女に圧力もかけられないし、交渉できる材料も持ってはいなかった。嵐が到来するずっと前から、彼女は慎重を期して、離婚が成立するまでのあいだに必要となる資金を自分名義の口座にちゃんと移してあったのだ。

わたしを悪人に仕立てて家を出るために、どれほど彼女が周到に準備していたかを、わたしは連日のように思い知らされる羽目になった。離婚話を切りだす半年以上も前から、アルミーヌはほとんど毎日、わたしのスマートフォンから自分宛てに侮辱的な内容のショートメッセージ(SMS)を送って、あたかもわたしが発信者であるかのように見せかけていたのだ。ダンプカー一台分もあるかのような罵詈雑言(ばりぞうごん)と威嚇が彼女と、われわれの息子テオに向けられていた。「下品なばか女め」、「あばずれ」、「売れない淫売」、「おまえが出ていけないようにしてやろうか」、「いつか殺してやる。おまえとおまえの息子をだ」、「おまえをばらしてから犯してやる」と、何でもありだった。

そういう類いの言葉を、彼女とその弁護士がメディアに漏らした。ばか正直で疑い深くない質のわたしだから、自分のスマートフォンをどこにでも置いたし、パスワードだって十年前から変えていなかった。わたしはまったく気がつかなかった、というのもアルミーヌはわたしのスマートフォンからSMSを送信したあと、毎回それを削除していたからだ。こうしてアルミーヌは汚い言葉の総目録を作成し、それがわたしを不利にさせる明白な証拠となった。

おまけに動画まである。完璧なまでの念の入れようだった。三十秒ほどのものがしばらくの期間〈ＹｏｕＴｕｂｅ〉で見ることができた。アルミーヌのスマートフォンがハッキングされて流出したのだそうだ。朝の七時半、妻とテオが学校に向かう前にキッチンで朝食をとっているところに、わたしが現れる。清潔ではなさそうなトランクスとモトリー・クルーのバンドTシャツを着て、三週間は剃(そ)っていない髭(ひげ)に〝無造作ヘア〟と呼ばれる髪型に近い、要するにボサボサ頭という格好だった。隈が目立って落ちくぼんだ目は、紙巻き大麻(ジョイント)を立てつづけに三本は吸ったばかりのようだった。缶ビールを手に、わたしは冷蔵庫を開けるが、またブレーカーが落ちていたので苛立っている。動画は、「ちくしょう、くたばれ！」と怒鳴りながら冷蔵庫を蹴り飛ばすわたしと、驚いて飛び上がる息子が映る場面で終わっていた。わたしを家庭内の暴君に仕立て上げるよう編集された、わたしにとっては致命的な三十秒。その動画が削除されるまでにネットでの再生数は数十万回を数えた。わたしは文章にて、動画が撮られた状況を弁明しなければならなかった。当時、わたしは執筆の最中で家に閉じこもっていた（それが故のだらしない格好だった）。効率を上げるため生活の時間をずらし、午後八時から翌日の十三時まで活動していたわたしは、午後寝るようにしていた（朝七時のビールはそれが理由であしかし、そんな防戦もわたしをさらに追いこむだけだった。時代は、かなり前から書かれた言葉の敗北を宣告していた。妻とは違って、わたしは音声や映像を使いこなせないし、SNSも〝いいね〟ボタンも自己アピールの方法についても、何ひとつ理解していなかった。

四月、そんなわけでアルミーヌが正式に離婚を申請し、この夏に、家庭内暴力およびハラスメントによる被害を受けたという理由でわたしを告訴した。嘘と悪意だらけのインタビューで、彼女はわたしの「不在」と「怒りの爆発」が理由で別れたと説明し、さらに、わたしが息子の周りに漂わせる攻撃的な言動に「恐怖心を抱いた」と主張した。秋になったころ、わたしはパリ六区の警察署にて四十八時間勾留され、アルミーヌとの対決に挑んだが、何ら結論は出なかった。わたしは冬の終わりに予定される裁判を待って、司法の監視下に置かれたまま釈放された。

辛うじてカウンセリングなどの治療命令は受けずに済んだが、アルミーヌと接触することは禁じられた。そして何より、妻の作り話にいかなる疑問も発することなく乗り込んできた家庭裁判所が、テオの「健全な暮らしを保護するため」わたしの面会権を制限したのである。大まかに言うと、わたしはソーシャルワーカー立ち会いのもと、週に一度、一時間だけ息子に会えるというものだ。当初その決定にわたしは激怒したのだが、そのあと深い悲しみに沈んでしまった。

午後四時過ぎ。コーヒーを飲んでから、レインコートを着て、つばの長いベースボールキャップを被ると家を出た。まだ滝のような雨が続いている。ノートル＝ダム＝デ＝シャン通りは、いつも下校時はそうであるようにごった返しており、豪雨と年金制度改革に反対する断続的なストがその混乱に輪をかけていた。

学校は家から徒歩で一キロ足らずのところにあった。解熱剤が効いてきて、いくらか気力を取りもどしていた。人生最大の危機に瀕していると自分でもよく分かっていた。まったく想像もしていなかった罠。わたしの弁護士は二人とも、わたしを守ることができず、親権を失うだろうと諦めていた。「時代の風潮がわれわれには逆風です」と彼らは説明し、それがわたしを逆上させた。時代と何の関係がある？　この話のすべてが芝居であり、破廉恥な嘘だ。もっとも、それを証明できればの話なのだが。それにしても、孤独な闘いになってしまったとわたしは感じていたのだった。

3

歩行者、ベビーカー、キックスクーターのあいだを縫うように歩道を進みながら、わたしは頭のなかでアルミーヌと暮らした当時のことを何度も思い浮かべていた。彼女と出会ったのは二〇〇〇年末のロンドン、わたしはそこで六か月間を過ごし、一度も日の目を見ることのなかった連続テレビドラマの脚本を執筆していた。アルミーヌ・アレキサンダーは英国のロイヤル・バレエ学校にて有望と見られていた元生徒で、その後モデルに転身した。いつも〝気まぐれ〟に生きていると公言してはばからなかった。付き合いはじめたころ、わたしはそこに魅力を感じていた。あまりに規則的だったわたしの生活に情熱と刺激を与え、一時的だったにせよ、わたしの日常を定めていた職人のような生活習慣を拭い去ってくれた。そして時が流れ、わたしは〝気まぐれ〟が、長い目で見ると〝不安定〟と同義語であると気づいた。急速に、わたしは直情的で横暴な女性君主と生活をともにする気持ちがなくなったが、彼女は別れるのを拒絶し、わたしたちの結婚生活は愛情の終焉に伴って、ごくありふれた浮き沈みの激しい道をたどることになる。それから、しばらくしてアルミーヌが妊娠、テオが誕生したことで、わたしは自分の不満を保留することにした。息子に毎日会えなくなる状況など考えられなかったし、強い絆で結ばれた家庭で息子に育ってほしいと思ったからだ。

こうしてわたしたちは仲直りをした——と、少なくともわたしは単純に考えていたが——実際のところ、アルミーヌの途切れなしの不平不満がおさまったわけではなかった。出会った最初のころは、作家といっしょに暮らすこと、わたしの最初の読者になれること、またフィクションの創作という巨大な〈メカノ〉（メカノ社が販売する、金属製のパーツで乗り物や建物を組み立てる玩具）の組み立てにいくらか参加できること、それがアルミーヌを面白がらせた。しかしそれが長期となれば、明らかに面白いことばかりではなかった。確かにほとんどの時間わたしは想像上の人物たちが住む並行世界(パラレルワールド)に潜り込んでいたので、昼夜を問わず、彼らが直面する問題にかかりっきりになっていた。もちろん、わたしもそれは認める。

創作に経験は無力である。二十冊近い小説の著者であっても、いまだにわたしは一冊の本を書く方法を知らない。その理由は明瞭かつ単純で、そんなものは存在しないからだ。毎回、すべてを学びなおさなければならない。毎回、以前はどうやったのかと自分に問いなおさなければならない。毎回、ヒマラヤ山脈を前に裸足(はだし)で立っているような気分になる。毎回、自分の内にある何かをフィクションを通じて再現するために、以前よりさらに多くのものを絞りだすという代償を払うことになる。

規則がないこと、そして、あるページをめくったとき不意に予期せぬ事態に出会うことが、書くという行為の醍醐味(だいごみ)であり陶酔のすべてだが、それは同時に恐怖でもある。わたしに取りついて離れない疑念と不安は多くの物事の説明にはなるが、それでもアルミーヌが仕掛けた邪悪な罠を正当化することは決してできないのだ。

天文(ロプセルヴァトワール)台大通りの校門前で、わたしの人生でたったひとりの味方となってしまったカディジャ・ジェバブリに会う。テオの赤ん坊時代からのベビーシッターだ。カディジャはモロッコ出身のフランス人で、年齢は五十代。初めて出会ったとき、彼女はグルネル通りの青果店で働いていた。ちょっとした会話のなかで、彼女は子守りをする時間があると言った。何時間か頼んでみたあと、すぐにわたしは彼女を信頼するようになった。そして一週間後、フルタイムで雇うことにした。

真実を知るのは彼女だけだった。わたしを信頼しつづけてくれたのは彼女だけである。カディジャはわたしが良い父親であるのを知っていた。アルミーヌの奇行と常軌を逸した言動を何度も目撃しているため、わたしに対するこじつけの非難を信じてはいなかった。自発的に、わたしを援護する証人になると申し出てくれたが、わたしはそれを思いとどまらせた。第一に、相手側の手練手管に対して、彼女の証言が充分な重みを持つとは思えなかったからだが、それ以上に、わたしが不在のあいだでも、信頼できる人間がテオのそばにいてもらいたかったからだ。わたしの側に立つと態度を決めてしまえば、カディジャがただちに解雇されるのは目に見えていた。

「こんにちは、カディジャ」

「こんにちは」

何かおかしい、わたしはすぐに感じた。だれも知らないことだが、毎日午後、カディジャは学校の帰りに一時間だけ、わたしとテオだけの時間を作ってくれていた。魔法の時間だった。そのお陰で、わたしは落ちこまずにいられた。しかし今日は、彼女の硬い表情が最悪の事態を予告していた。

「どうした、カディジャ？」

「アルミーヌはアメリカに行くつもりでいますよ」

「テオを連れて？」

ベビーシッターは肯(うなず)き、スマートフォンで複数の写真を見せてくれた。彼女がアルミーヌのパソコン画面を撮影したものだ。そのパソコンは〈エールフランス〉のサイトに繋がっており、十二月二十一日発、ニューヨーク行きの片道チケットを三枚購入した記録が確認できる。学校がクリスマス休暇に入るその日。チケットは一枚目がアルミーヌ、二枚目がテオ、そして三枚目がゾエ・ドーモンという人物のために取ったものだった。


それが何者であるか、わたしは知っていた。数か月前から、新しい突飛な思いつきがアルミーヌをとらえていたのだが、それはパリでの舫(もや)い綱を解き、ペンシルベニアにある環境保護主義者たちの集落で暮らすための航海に出ようというものだった。そのゾエ・ドーモンという女性——ローザンヌに住む教員で、二年前に二人はダボス会議の開催反対集会で知り合った——が、アルミーヌの頭にそうした考えを吹き込んだのである。それ自体、わたしに反対する理由はないが、わたしと息子を六千キロの距離と大西洋で隔てるとなれば話は別だった。

その報(しら)せに内臓をえぐられる思いだったが、テオが校門から出てきて、こちらに向かって道路を横断するところだったので、わたしは心配させないよう明るい表情を作った。

「テオ、元気か！」

「パパ！」息子は叫びながらわたしの首にかじりついた。

息子をずっと抱きしめたまま、髪と首筋から放たれる匂いを吸いこむ。灰色に沈んだ日没のなか、その温かくほっとする香りをわたしは貪る。テオはブロンドの髪を持つ笑顔を絶やさないいい子で、紺色の円いフレームのメガネの奥で明るい瞳をきらきら輝かせていた。わたしにとって息子はアルベール・カミュが言う、冬のさなかにおける〝難攻不落の夏〟そのものだった。テオの浮かべる笑顔を見るだけで、いつでもわたしにつきまとう悲しみの壁を打ち壊すことができることを思いだしていた。

「お腹空いた！」

「パパもだ！」

この時刻、わたしとテオは〈三人の魔法使い〉に乗りこむ。ロプセルヴァトワール大通りとミシュレ通りの角にあるその店は、客たちからマルチェッロと呼ばれる若いイタリア人が経営する明るい雰囲気のカフェだった。この店で、テオがコンポートとレモン入りカンノーロを平らげるのを眺めたのち、わたしは息子に宿題をさせるのだった。ちょうど今は、テオがポール・フォールやクロード・ロワ、あるいはジャック・プレヴェールといった詩人たちが詠う「悪天候に遭った」子馬や、ある枯れ葉の葬儀に「出かける二匹のカタツムリ」の話に初めて出会い、それらを読み、書き、暗唱しはじめたすばらしい時期だった。

　宿題を済ませたあと、テオはわたしを相手に色々な手品を見せてくれる。数か月前から手品に夢中だった。カディジャがテオのお守りをするとき、スマートフォンでガブリエル・ケインとかいう人物の動画を〈YouTube〉でよく見せていたのだ。その日テオは、コップの底を通りぬけるコインの手品と、手の込んだトランプマジックをやって見せた。上手くできて興奮冷めやらないテオは、こんどはわたしの二十ユーロ札を使った手品をやると言いだした。かなり自信があるようで、紙幣を半分にちぎると、それを重ねて半分に折り、さらに半分に折った。

「はい、できました！」と、テオは得意になって四角く折った紙幣をわたしに手渡す。

「では、開いてみてください。びっくりしますよ！」

　わたしは半信半疑で言われたとおりにするが、当然、紙幣はちぎれたままだった。

　息子は大粒の涙を流して泣きだした。突然の号泣で、ほとんど発作に近かった。わたしが宥めようとすると、テオは泣きじゃくりながら、その小さな手でわたしの腕をつかんで言った。

「ぼく行きたくないよ、パパ、行きたくない！」

　つまり、テオはアメリカ行きの件を知っていたのだ。アルミーヌは、そんな話を二か月以上も前に知らせることが、息子に動揺を与えるなどとは考えてもいなかった。わたしに対する頑(かたくな)な敵対心のせいだろうが、息子がわたしにそれを打ち明けるとは思いもよらなかったようだ。

「テオ、心配するな、何か良い方法をみつけるから。パパが何とかする」

鎮火するのに五分以上もかかった。

カフェを出たときはほとんど夜になっていた。人影のない大探検家たちの庭園(ジャルダン・デ・グラン・ゼクスプロラトゥール)は雨に濡(ぬ)れ、灰色に沈んでいた。

「ぼく、ほんとうの手品師になりたいよ」テオが言った。「パパと離れないようにできるでしょう」

「テオとパパは離れない」わたしは約束した。

わたしのなかの小説家が、そう言ったのだ。現実の人生における窮地をロマンチックな出来事が乗り越えさせてくれると常に思い込んでいる小説家としてのわたしが。最終章になれば、機械仕掛けの神(デウス・エクス・マキナ)が現れ、あるいは僥倖(ぎょうこう)が訪れて、現実を〝そうあるべき〟ものに合致するよう修正してくれるとわたしは信じている。このような時にこそ、ひねくれ者やぼんくら、まぬけどもを叩きのめし、真に優しい者を勝利させてくれるはずだと。

「何とかするから」と、わたしは離れていくテオをみつめながらくり返す。

息子は片手でカディジャと手を繋ぎ、もう一方の手でわたしに別れの合図を送った。

この光景をわたしは嫌悪する。

打ちのめされ、わたしはとぼとぼ家まで歩いて帰った。明かりを点けようとしたが、またブレーカーが落ちたのだろう、家のなかを照らすのはノートパソコンの画面が放つ青い光だけだった。ふたたび熱がぶり返していた。わたしは凍えてつま先から頭のてっぺんまでガタガタ震えていた。我慢できないほどの頭痛に襲われ、何ひとつやる気が起こらない。二階の寝室に上がる気力すらなかった。震えながら肩掛けに包まり、夜の凍える川のなかに沈んでいった。

＊村上春樹『職業としての小説家』（新潮文庫、二〇一六年）より引用。

6 主人公に仕掛けられた罠

そして小説は主人公に仕掛けられた罠以外の何物なのか？
ミラン・クンデラ

1

パリ、二〇一〇年十月十二日、火曜日。

閉じた瞼の向こうで光のカーテンが波打っていた。肩掛けに包まったまま、わたしは温もりを少しも逃すまいと身動きせずにいる。際限なく夜が続いてほしかった。これ以上、人生に支配されないために。ごつごつした世界から永久に切り離されておくために。

ところが、しつこい物音がそれを妨げた。何かを叩く規則的で気に障る音。わたしはふたたび眠りのなかに逃げこもうと身体を丸めたが、次第に強まる音が気になって、仕方なく片目を開けた。少なくとも雨だけはやんでいた。窓の外で紅葉したカエデとカバノキの葉が陽の光と戯れていた。晴れあがった空にきらめく光のダイヤモンド。

まぶしさに、わたしは手でひさしを作った。窓の前に太ったフクロウのような人影が見える。パイプを吹かすジャスパー・ヴァン・ワイクがわたしの寝ているカウチから二メートルと離れていない肘掛け椅子に座り、足でリズムをとっていた。

「くそっ、何だよ、ジャスパー！　ここでいったい何してるんだ？」やっとのことで起き上がりながら、わたしは聞いた。

彼はわたしのノートパソコンを膝の上に置いていた。モニターを前にして小さな丸い目を瞬いている。気づかれずに闖入したことで得意になっているようだ。

「玄関の錠が開いていたんだ！」それが釈明になるかのような言い方だった。

ジャスパー・ヴァン・ワイクは出版の世界で伝説となっている人物だ。フランスを愛するアメリカ人で、サリンジャーやノーマン・メイラー、パット・コンロイとも親交があった。ネイサン・フォウルズの文芸エージェントとして、アメリカのほぼすべての出版社が刊行を拒んだという彼のデビュー作『ローレライ・ストレンジ』を世に出したことでとくに知られる。その後はパリとニューヨークを拠点に暮らしており、わたしが三年前に版元を変えて以来、わたしの著作権関連の代理人になることを承諾してくれた。

「今は十月半ばだね」彼はわたしに念を押す。「出版社があなたの原稿を待っているんだ」

「原稿はないよ、ジャスパー。すまないが」

まだぐったりした状態で頭は重く、鼻が詰まっていたわたしは、肩掛けに包まってカウチに寄りかかり、意識がはっきりするまで立ったままでいた。

「いや、原稿の冒頭というか、書きだしの箇所ならあるじゃないか」彼はわたしのパソコンを指で叩きながら訂正した。「四章、これは出だしと言えるんじゃないかな」

「わたしのパスワードをハッキングしたのか？」

ジャスパーは肩をすくめた。

「息子さんの名前と生まれた年。あまりに予想通りで……」

そう言うと彼は立ちあがりキッチンに向かう。わたしにグロッグ（ラム酒の湯割りにレモンや蜂蜜を加えたもの。風邪のときに飲む）を作ってやろうと決意したようだ。わたしも彼のあとに続きながら、壁の掛け時計を見た。まもなく正午。わたしが眠っているあいだに時計の短針は一周半も進んでしまっていた！

「郵便物を取っておいた」彼はテーブルの上に置かれた分厚い封筒の山を指さした。

ジャスパーはわたしをかなり気に入っている。仕事上の関係を超えて、いつも彼はわたしに対する関心と心配りを示してくれた。おそらく、わたしのなかに彼の興味を惹く何かがあるのだろう。彼自身もいくらか〝オールド・スクール〟というかレトロなスタイルを愛する個性派であるが、善良そうで、丸みのある身体をダンディに装っていた。ふだん、わたしは彼と話をするのが好きなのだ。出版界の記憶そのものであり、出会いのあった作家たちについての逸話は掃いて捨てるほどあった。しかし今朝だけは、会話を楽しむには衰弱しすぎていた。

「やたらと請求書が多いんだな」搾ったレモン汁を沸騰している湯に加えながら、彼が指摘した。

わたしは銀行口座の出入金明細書の封を切る。懐事情は危機的状況にあった。この家を買うために、自分の貯金を使っただけでなく、将来受けとると思われる印税の相当な部分も充当していたのである。

「もっとましな時期もあったよ」明細書を脇に押しやりながら、わたしは認めた。

ジャスパーはラム酒をたっぷり、シナモン、そしてスプーン一杯の蜂蜜を鍋に投入する。

「いつ小説を書きあげるつもりなんだ?」彼が聞いた。

わたしは椅子にへたり込み、テーブルに両肘をついて頭を抱える。

「ジャスパー、あの話の続きは書かないと思う。出来が良くないと感じるんだ」

「えっ、そうかな。最初の五十ページを読んだけど、わたしは可能性を秘めていると思ったんだが」

ジャスパーはわたしの前にシナモンとラム酒が香りをたてる熱いカップを置いた。

「いや、話の持っていきどころがない。陰気で気分が落ちこむ」

「もう二、三章ほど書いてみたらどうだろう」

「自分で書くわけじゃないから、そんなことが言えるんだ！」

ジャスパーは肩をすくめる。〝人にはそれぞれ役割がある〟とでも言いたげなようす。

「いいから、とりあえずグロッグを飲めよ」彼がわたしに命じた。

「熱い！」

「どこぞのお嬢さまじゃあるまいし。ああ、言うのを忘れていたが、わたしの主治医のところに予約を入れておいたから、午後二時に」

「あなたに何か頼んだ覚えはないね。子守りなんて必要ない」

「だから、子守りではなくて、医学博士のところに連れていこうと思ったんだ。知っているかな？　作家のアンリ・ド・モンテルランは流し台が詰まったりすると、ガストン・ガリマール（ガリマール出版社の創業者、二十世紀のフランス文学の振興に尽くした）に配管工を寄こすよう連絡したって話」

「ジャスパー、医者も要らないんだよ」

「むちゃ言うな、結核患者みたいな咳をしてるじゃないか。先週、電話をもらったときより相当ひどくなっているぞ」

彼の言うとおりだった。咳は二週間前から続いており、今では副鼻腔炎（ふくびくうえん）と高熱がそれに続き、わたしを参らせていたのだ。

「だがその前に、レストランに行く」彼ははしゃぐように言った。「〈グラン・カフェ〉で食べよう、わたしのおごりだ」

わたしが落ち込んでいるのと対照的に、彼のほうは上機嫌だった。こと食べることに関して、すぐにはしゃぐ彼を見るのはこれが初めてではなかった。

「あまり食欲がないんだ、ジャスパー」わたしはアルコールの効いたグロッグをちびちび飲みながら言った。

「心配ご無用、食べるのはわたしだから！　それに、あなたにとっても気分転換になるだろうよ」

2

外に出るなりジャスパーは、迷惑駐車の違反切符を切っている最中の補助婦警（パリ警察の女性補助員。駐車違反を取り締まる）に食ってかかった。彼は七〇年代の〈ジャガー・Eタイプ〉シリーズ3を（下手に）運転する。この骨董品も彼の手にかかると、危険かつ公害の元凶となった。

わたしを乗せてモンパルナス大通りまで走らせると、ジャスパーはドランブル通りとの交差点辺りで（下手に）駐車した。〈グラン・カフェ〉は、店先に海の幸を並べた地元客の集まるブラッスリーだった。曲げ木の〈バウマンチェア〉や円い小さなビストロテーブル、赤白格子柄のテーブルクロス、黒板に手書きのメニューといった昔からの雰囲気をとどめる老舗である。

いちばん混む時間帯だったが、ジャスパーを安心させたのはホール主任が奥のテーブルに案内してくれたことだ。ためらわずにジャスパーはシャルドネ（ナパバレーの生産者マット・デルッカの白ワイン）のボトルを頼み、わたしは炭酸水〈シャテルドン〉で満足する。

「さて、何が上手くいかないんだ、オゾルスキ？」テーブルに着くなり、ジャスパーは聞いた。

「何ひとつ上手くいかない、あなただってよく知っているじゃないか。だれもがわたしをひどい奴だ、普通の状態で自分の息子に会えない男だと思ってる。おまけに、妻が息子を連れてアメリカに移住すると聞かされたばかりなんだぞ」

「息子さんがアメリカを見るいい機会になるな」

「冗談にしても面白くない」

「あなたは少しあの子に構いすぎだね、まったくばかげてる！　母親の元で成長させればいいのであって、あなたは自分の作品のことを考えるべきなんだ！　そうすれば彼が大人になったとき余計にあなたに感謝するだろうよ」

それから彼は、人間を理想化し子どもを神聖化することで破滅へと突き進む正気の沙汰と思えないこの時代を残念に思う、と長たらしい哲学的な演説を打った。

「あなたにとって話は簡単さ、父親じゃないのだから！」

「そう、父親ではない、幸いにも」彼はため息とともに言った。

仔牛(こうし)の胸腺パテのパイ皮包みとブロンと呼ばれる平牡蠣(ひらがき)を一ダース頼んだあと、彼はわたしの本に話を戻す。

「それにしてもだね、オゾルスキ、自分の頭に拳銃を向けた登場人物をそのまま放ってはおけないだろう」

「書き手はわたしだ、ジャスパー、わたしの好きにするさ」

「これだけ教えてくれないか、あのあとどうなる？　キャリーに何が起きたんだ？」

「わたしだって何も知らない」

「信じないね」

「信じなくても構わないが、わたしは事実しか言っていない」

ジャスパーは八の字型の口髭を上向きになるようにしごきながら思案していた。

「オゾルスキ、あなたはかなり以前から小説を書いている……」

「だから……？」

「自分でもよく分かっているはずだ。小説家にとって、あなたの小説に現れたフローラ・コンウェイ、あれは天の恵みだぞ！」

「天の恵み？」

「創造物が自分の創造主に会いたいと要求する。じつにすばらしい。ある種の現代版『フランケンシュタイン』を書けるじゃないか！」

「お断りだね。わたしの記憶では、あの創造された男は行くところすべてで恐怖を引きおこし、その創造主であるヴィクター・フランケンシュタインも最後には死ぬ」

「そんなことは大して重要じゃない。オゾルスキ、とにかく何でも暗い面ばかり見るのはやめたほうがいいぞ。われわれ全員いつかは死ぬんだから！」

彼は長い休息の間をおいた、というか、それはパテのパイ皮包みを味わうための時間だった。

「自分がどうするべきか、分かっているよな？」不意に、彼はフォークの動きを止めて言った。

「教えてくれ」

「作中にあなた自身も登場させて、フローラに会うことを受け入れるんだよ」

「ありえない」

「いや、ありえるね！　まさにその点なんだよ、あなたの小説のなかでわたしが好きなところは。著者と登場人物たちのあいだに密接な関係が築かれていると感じとれるんだ。

そう思っているのは、間違いなくわたしだけではないはずだ」

「そうかもしれないが、今回はやり過ぎた」

彼は疑うような視線でわたしを見た。

「それにあなたは恐れている、そうだろう？　オゾルスキ、ほんとうに自分の小説の登場人物が怖いのか？」

「わたしにはわたしの理由がある」

「ああ、でもその理由というのを知りたいね」

「怖さの問題というより、書きたいと思うかの問題だよ。それに……」

「グラン・マルニエ（オレンジリキュール）をたっぷり含ませたミルフィーユを半分食べないか？　絶品らしい」

それを無視して、わたしは続けた。

「……それに、あなたは多少この仕事について知っている、だから書きたいという欲求なしに良い小説が書けないことは分かっているはずだ」

「唾を飛ばさないでもらいたいね！　細菌をばらまくな。それで、良い小説とはどういうものなのかぜひ教えてもらいたい」

「良い小説、それはまず読む人間を幸せにするものだ」

「まったく違うね」

「それに、上手くいった恋愛に似ている」

「では上手くいった恋愛とは何か？」

「良い人物と適切なタイミングで出会うこと」

「それが本と何の関係がある？」

「良い物語があって良い登場人物がいるだけでは、小説は成功しない。人生における何かしらを得られる瞬間、その場に居合わせることも必要となる」

「そういう無駄話はマスコミの連中にとっておけばいい、オゾルスキ。あなたは仕事に取りかかりたくないから、ありとあらゆる理屈をこねているんだ」

3

古いイギリス製の車はラスパイユ大通りを左に進みはじめた。何杯かの白ワインでほろ酔い気分のジャスパーは、今や公共の安全を脅かす存在となっていた。ジグザグ運転、カーラジオが大音響でバッハの〈無伴奏チェロ組曲〉を流し、渋滞気味にもかかわらずアクセルを踏みつづけている。

「その医者の名前は？」左折してグルネル通りに入ったところで、わたしは聞いた。

「ラファエル」

「彼は何歳ぐらい？」

「ディアーヌ・ラファエル、女性だよ」

ベルシャス通りに着いたとき、ジャスパーは何かを思いだしたようで、後部座席に置かれた段ボールを指さした。

「プレゼントを持ってきた」

わたしはふり返って箱の中身を覗いてみた。版元を介して読者から届いた手紙とメールのプリントアウトだった。いくつかに目を通す。ほとんどは好意的な内容だったが、執筆が上手くいっていないときは、まもなく読者を失望させると知っている以上、ひどい重荷となる。

ジャガーはラス・カーズ通りに曲がり、二つの尖塔が聳えるサント＝クロチルド聖堂に面した、カジミール＝ペリエ通り十二番地に停まった。

「ここだ」ジャスパーは言った。「わたしもいっしょのほうがいいかな？」

「大丈夫だ、ありがとう。それより帰って昼寝したほうがいいぞ」わたしは車を降りながら帰宅を勧めた。

「結果を知らせてくれ」

歩道に立ったわたしは医師の表札をみつけた。

「ちょっと待て、あんたの主治医のディアーヌ・ラファエルって精神科医じゃないか！」

ジャスパーは窓ガラスを下げた。彼はたちまち深刻な面持ちになった。急発進する直前、彼はわたしに警告を発した。

「今回ばかりは、自力で切り抜けられそうには見えないからな、オゾルスキ」

4

わたしはこれまで一度も精神科にかかったことはなく、ばかみたいだが、内心それを得意がっていた。わたしは執筆することで、自分の神経症や強迫観念を特定し、それに明確な名前や形を与えて問題を排除できるとずっと思ってきたのだ。

「お待ちしていました、オゾルスキさん」

精神科医は、フロイトの生まれ変わりを想像していたが、まるで違っていた。ディアーヌ・ラファエルはわたしと同じ年頃の美しい女性だった。明るい瞳、ラベンダーブルーのモヘヤのセーター、まるで洗剤ブランド〈ウーライト〉の古い宣伝写真そのままというか、フランス国立視聴覚研究所（INA）が保存している元テレビキャスター、アンヌ・サンクレールの映像を観ているようだった。

「どうぞ、おかけください」

建物の最上階にある診察室は細長く、左右に眺望が開け、サン＝シュルピス教会からパンテオン、モンマルトルの丘までが目に入った。

「ここは海賊船の見張り台のようですから、嵐や暴風雨、さらには低気圧（デプレッション）の到来まで観測できます。精神科医には都合がいいんです」

的を射る隠喩だった（デプレッションには鬱病の意味もある）。ここに来る患者すべてにくり返しているのだろう。

ディアーヌ・ラファエルと向かい合って、白い革張りの椅子に座った。

それほど不快ではない二十分ほどの会話から、医師はわたしが抱える問題を絞り込んだ。あなたの愛情生活と家庭生活はくり返しフィクションからの攻撃を受けている。一日の大部分を想像世界のなかでさまよっていると、ときに現実の世界に戻るのが難しくなります。そして、二つの世界の境界線が曖昧になったとき、あなたはめまいに襲われるのでしょう、と。

「その状況に耐え忍びなさいと、あなたに強いるものは何ひとつありません」と医師は請け合う。「ただし、自制心を取りもどす、とご自身で決意する必要があります」

同意はしたものの、どうすればいいのかよく分からなかった。わたしは自分が書きはじめた物語について、そして、執筆を通じてフローラ・コンウェイと会うことを受け入れ、その挑戦に応じるべきだというジャスパーの意見についても彼女に話してみた。

「すばらしい考えです！　訓練のつもりでやってみてください。それは想像世界に対する現実世界の優越性を再確認するための、そして、作家として譲れない領域と自由を守るための強力かつ象徴的な行為ですね」

言葉のうえでは魅力を感じたが、こと実効性についてわたしは懐疑的だった。

「その女性が怖いですか?」

「いいえ」わたしはきっぱりと言った。

「では彼女に、面と向かってそう言えばいいのです!」

診察の前にしっかり準備してあったのだろう、ラファエル医師はわたしの先を越してスティーヴン・キングのインタビュー時の発言を引用した。要するに、フィクションを通して内にある魔性を表に出すことは昔からの治療法であり、紙の上に自分の怒りや憎悪や欲求不満を吐きだす悪魔払い(エクソシスム)の儀式なのだ、と。キングはこうも述べている。「おまけにそれをやると、わたしはお金をもらえる。そんな恩恵を受けられずにクッション壁の独房に拘禁されている人間は世界中のあちこちにいるのだ」

5

テオを学校まで迎えにいく途中、「気をつけてください、アルミーヌがテオのお迎えに行くと言いだしました!」というカディジャからのSMSを受けとった。

月に一度か二度、アルミーヌの気まぐれでそういうことになる。不意にもう子守りは要らないと宣言するのだった。カディジャにもう来なくていい、これからは自分がつきっきりでテオの世話をすると言いのけることさえあった。たいていその決断の寿命は二十四時間、長くても四十八時間だった。それでもその間、わたしはテオとの待ち合わせの機会を失う。

口惜しく思いながら薬局に寄り、解熱剤と喉用のシロップ、鼻詰まり治療の精油の買い置きをした。家に帰って、ブレーカーがまた落ちていたのでヒューズを替え、蒸気吸入のための湯を沸かした。そのあとはカウチに横たわって目を閉じ、ジャスパーと精神科医に言われたことを考えた。

目を開けたときは、もう深夜零時近かった。身に染みるような寒さで目が覚めたのだった。「くそったれのボイラーめ……」

暖炉で薪（まき）を燃やしてから、本棚を探して高校時代（リセ）に読まされた古い『フランケンシュタイン』を手に取った。

十一月のある陰鬱な夜、ようやくわたしは長かった作業の結果をじっくり見ることができた。（……）もう午前一時になっていた。雨がガラス窓を不気味に叩き、蠟燭（ろうそく）が燃え尽きつつある。不意に、揺れる明かりのなか、わたしは創造物がくすんだ黄色の目を半開きにするのを見た。それは深く息を吸い、手足が痙攣（けいれん）するように激しく動いた。

すてきだ。

わたしはポットいっぱいにアラビカコーヒーを用意し、地球上にまだ残っている唯一の忠実な友人——解熱剤〈ドリプラーヌ〉、吸入薬〈デリノクス〉、薬用トローチ——を招集し、肩掛けに包まると、仕事机に向かった。

ノートパソコンを開き、ワープロソフトを起動させると白紙画面が現れ、わたしは自分をからかっているようなカーソルをみつめた。もう認めるべきだろう、わずか数か月のあいだに、わたしは自分の人生をまったく制御できなくなってしまった。それをふたたびコントロールできるかどうかは自分次第だ。しかし、モニター画面の前に座ったまま、そんなことが可能なのだろうか？　キーボードを叩いた。この柔らかでくぐもった音がわたしは好きだ。どこに流れていくとも分からない水の音。病と薬。薬と病（フランスには〝薬がかえって病を悪化させる〟という諺がある。まずい改善策は事態を悪化させるという意味）。

1

ウィリアムズバーグ南、マーシー・アベニュー駅。

窒息するような感覚。密集した群衆のなか、ふらつく足が何とかわたしを地下鉄の出口まで運んでくれた。人の波が歩道に溢れる。ようやく空気が吸えた。だが、クラクションヨン、車の流れ、街の騒音が耳を……

7　作者を探すひとりの登場人物

様々な理由から、書くことは〝わたしは〟と言うこと、相手を圧倒すること、問いただすことからなる行為である。わたしの話を聞き、わたしと同じように物事を見て、見解を変えろ、と。これは攻撃的な行為、ほとんど敵対的な行為である。

ジョーン・ディディオン

1

ウィリアムズバーグ南、マーシー・アベニュー駅。

窒息するような感覚。密集した群衆のなか、ふらつく足が何とかわたしを地下鉄の出口まで運んでくれた。人の波が歩道に溢れる。ようやく空気が吸えた。だが、クラクション、車の流れ、街の騒音が耳をつんざく。

歩道をいくらか歩いてみた。グロッキー状態。自分が書いたフィクションのなかを歩くというのは初めての体験だった。思考や行動が上手く制御できない。わたしの一部はパリにいてパソコンの画面を前にしており、また別の一部はニューヨークのわたしが知らない地区にいて、あちらのわたしがキーボードを叩くにしたがい、こちらのわたしの体が動きだす。

背景を眺め、周囲の空気を吸い込んでみる。ひと目見たかぎり、わたしにとってはまったく見慣れない場所だった。腹に痛みがあり、筋肉にも疼痛(とうつう)を覚える。現実から自分を引き剝がした痕跡が残っていた。全身が二つに裂かれるような感覚があり、あたかも想像世界が異物であるわたしを排除しようと試みているかのようだった。意外とはまったく思わなかった。ずっと以前からフィクションの世界が独自の規範を持つことは知っていたが、おそらく、その影響力をわたしは過小評価していたのだろう。

目を上に向けた。金属的な印象を与える空、クリの木の葉を冷たい風が震わせていた。わたしの周囲では、道路の両側で不思議なバレエがくり広げられていた。黒のフロックコートを着て髭をたくわえ、黒帽子に巻き髪という格好の男たちが、わたしに妙な視線を投げかけながら、歩道を縦横に歩きまわっていたのだ。その妻たちは、丈の長いスカートをはき、幾重にも重ね着をして厳格に髪をターバンで隠していた。ヘブライ文字の看板と聞こえてくるイディッシュ語で、わたしは自分がどこにいるのかを理解する。そこは超正統派(ハシディーム)のユダヤ教徒が住むウィリアムズバーグだった。ブルックリン区でもその地域は、まるで両極端をなす二つの世界に分かれていた。北は、自由奔放を標榜(ひょうぼう)する裕福な若い世代が住み、南は、前述したハシディームのユダヤ人共同体がある。北の〝アーティスト〟たちがタトゥーを彫り、キヌア（南米アンデス地方原産の雑穀。栄養価が高く低カロリーでグルテンを含まないスーパーフード）を食し、クラフトビールを飲む一方で、南の超正統派は、モダンなマンハッタンの足元で社会の進歩とは隔絶された伝統的生活形態を固持していた。

相変わらず腹痛は治まらなかったけれど、徐々に思考能力が回復してきたので、なぜここに来ているのか理由が分かった。わたしは『第三の鏡面』を書きはじめたとき、フローラが住む界隈を決めるために資料を集めていたのだが、この正統派ユダヤ教徒の居住地区に近かったからこそウィリアムズバーグを選んだのだった。というのも、十九世紀東欧でのユダヤ人共同体からそのまま抜けでてきたような住民たちが、時の流れに裂け目を開けてくれるように思えたからだ。この現実世界、今の時代から逃げだしたいと思うのはわたしだけではなかった。そのためにわたしは自分の想像力に頼ったが、ほかの人たちは別のやり方で成功していた。現代世界に支配されることを拒むという方法で。ここに住む人々は、学校制度、医療体制、司法や食料の問題まで、共同体の規範に縛られている。そして、その時代錯誤的な次元においては、メディアやソーシャルネットワークといった緊急性が求められる現代的な問題は存在していないのだ。

突然の空腹に激しい吐き気を催し、飢餓感から痙攣を起こしそうになった。わたしは最初にみつけたコーシャ食品店に飛びこむ。黄色い煉瓦（れんが）造りの建物内にあるその店は、竹を組んだ格子で女性客用と男性客用の売り場に二分されていた。わたしは店でも逸品だとされる二つの食べ物、ファラフェル（ひよこ豆ペーストのコロッケ。中東料理だがユダヤ人も好んで食す）を詰めたピタパンと、オムレッツと燻製肉(パストラミ)のサンドイッチを注文した。ガツガツとその両方を食べて空腹が徐々に治まってくると、ようやくフィクションの世界に錨(いかり)を下ろし、自分が周りの景色に馴(な)染(じ)んでいくのを感じる。

やっと元気を取りもどしたわたしは、ウィリアムズバーグの北に向かって歩きはじめた。小春日和(インディアンサマー)の秋の色彩のなか、ベッドフォード・アベニュー沿いのプラタナス並木の金色に染まった葉と建ち並ぶ赤褐色の砂岩(ブラウンストーン)造りの建物のあいだの歩道を進む一・五キロの道のり。

ベリー・ストリートとブロードウェイの交差点までたどり着き、ランカスター・ビルを眺めると、小説のなかのそれよりもずっと威圧感があるように感じた。十人ほどのカメラマンと記者たちがコインランドリーの前を行ったり来たりしていた。侘(わび)しい疲れた歩兵隊、猥雑性(わいざつせい)に身を売りクリックで操られる哀れな兵隊たちは、ビルに入っていくわたしを見るとほんの数秒だけ嗜眠(しみん)状態から覚醒する。

こうしてわたしはまだ新しくてピカピカの玄関ホールのなかにいた。想像よりも豪華だった。イタリアのカッラーラ産白大理石を敷いた床、柔らかな照明、無垢(むく)材を張りめぐらした壁、圧倒される天井の高さ。

「ご用件は何でしょう？」

ビルの管理人トレヴァー・フラー・ジョーンズがモニター画面から目を上げた。その姿は、わたしが頭のなかで思い描いていたそのままだった。金色の肩章が付いた茶色の制服にきっちり身を包み、わたしのことを〝コンウェイ事件〟以来あることないこと言いふらす連中のひとりと思ったようだった。一瞬、わたしは口を開けたまま立ち尽くし、いかに事を進めるべきか迷いながらトレヴァーと向かい合った。そして、決断した。

「こんにちは、このビルの屋上に行きたいんだが」

トレヴァーが眉をひそめた。

「それはまた、理由を伺っていいですか？」

わたしはよくそうするのだが、率直に対応することにした。

「コンウェイさんが危険な状況にあると思いまして」

トレヴァーは首を横に振った。

「わたしは、あなたがここから姿を消すべき状況にあると思いますが」

「いいか、よく聞け、もしコンウェイさんが自殺して良心の呵責（かしゃく）に苦しみたくないなら、わたしを通すべきだろうね」

するとトレヴァーは、怒りを吐きだすようにため息をつき、そのがっしりした体軀（たいく）には似合わない身軽さで受付カウンターの後ろから姿を現す。一瞬でわたしの腕をつかむと、有無を言わせず出口へと向かった。わたしは抵抗を試みたが、相手は身長一メートル九十センチ以上、少なくとも体重は百十キロ近くあった。歩道に投げだされそうになった瞬間、実は力関係が見せかけとは異なっていることに気づいた。わたしには、トレヴァーを無力化できるあらゆる武器があったのだ。

「ビアンカに何もかも話すぞ！」

トレヴァーは動きを止めた。たったいま自分が耳にしたことに確信が持てないようすで両目を大きく見開いている。わたしはくり返す。

「わたしを通さないつもりなら、ビアンカとトラブルになるだろうね」

わたしの腕をつかむ彼の手に力が入った。

「妻と何の関係があるんだ？」彼は唸った。

わたしはじっと彼を見返した。彼がわたしの創作人物のひとりにすぎないことを、どうしたら理解させられるだろう？　わたしの頭のなかにしか存在しない現在執筆中の物語の端役でしかないのだ、と。何より、彼の生活すべてをわたしが知り尽くしていると、どうすれば彼に分からせることができるのか？

「ジャクソン・ストリートにある〈スイート・ピクシー〉というヘアサロンで、あんたはまだ十九歳の理容師リタ・ビーチャーと知り合ったよな。そのリタにＳＭＳやら写真やらを定期的に送っているという話、きっとビアンカなら興味を持つと思うんだ」

これは小説家としての習慣のひとつなのだが、わたしは執筆前に登場人物たちの詳細な履歴書を作成することで各人物像を念入りに仕上げている。そうした情報の四分の三は本のなかで披露されることはないけれど、彼らを知るうえでどうしても欠かせない方法なのだ。

「あんたがリタに〝今日は一日ずっときみのお尻のことを考えていた〟とか、〝きみのおっぱいから芽が出てくるほどスペルマぶっかけてやりたい〟とか書き送っているのを知ったとして、奥さんがとくに喜ぶかどうかわたしには分からないけどね」

トレヴァーの表情が引きつるのを見て、わたしは的を射たと確信した。アンドレ・マルローの言葉に立ちもどるなら、人は往々にして「本人が隠しているもの、惨めで小さな秘密の塊」なのだ。

「で、でも、どうやって知ったんだ?」口ごもりながら彼は言った。

わたしはとどめの一発をお見舞いする。

「もうひとつ、あんたがリタに七宝（しっぽう）を施した銀のブローチをバレンタインのプレゼントにして、それが八百五十ドルもしたことを知ったときの奥さんの反応を、わたしなら心配するね。奥さんに贈った花束のほうはいくらだった?　確か二十ドルだったと思うが」

トレヴァー・フラー・ジョーンズは俯（うつむ）いてしまい、わたしの腕を放した。今やわたしの前にいるのは、まったく無害な布人形でしかなかった。屈強さを売り物にするのは、疚しいところがあった場合、困難になるのだ。

2

トレヴァーをロビーに残したまま、わたしは先に進んだ。ホールの奥に、打ち出し真鍮(しんちゅう)板をドアにしたエレベーターが三台も並んでいた。一台に乗り込み〝屋上〟のボタンを押す。金属音とともにエレベーターが揺れはじめた。目的の階に着いてドアが左右に開くと、実際の屋上に出るにはもう一階、階段で上らなければならなかった。

屋上に出てみると、風の強さに驚いた。両手でひさしを作って目を守りながら、バドミントンコートに足を踏み入れる。息を呑(の)むような景色。原稿の記述よりもさらに陶酔感に浸ることができる。だが空は、ほんの数分前まで明るく澄みきっていたというのに、今では木炭で塗りつぶしたかのようだった。思わず足を止め、めまいを感じるほどのパノラマに見とれた。海峡の対岸から金属的なスカイラインが神秘的なニューヨークの摩天楼が浮かび上がる。ウィリアムズバーグ橋の鉄塔、エンパイアステート・ビル、クライスラー・ビルの尖塔、ずんぐりしたシルエットのメットライフ・ビル。

「わたしを止めたいなら、三秒だけ待ってあげる。一、二、さ……」

叫び声で陶酔から引き戻されたわたしは、驚いてふり返った。コートの向こう端、給水塔のそばに、フローラ・コンウェイの姿が見えた。ルテッリのピストルを自分のこめかみに当て、今まさに引き金を引こうとしている。

「やめろ！」わたしは自分の存在を相手に伝えようと声を振り絞った。

わたしの姿を見れば、フローラは警戒を緩めるだろうと無邪気に思っていた。ところが、わたしと同じように動転していたものの、彼女は翡翠色の挑戦的な視線をわたしに向けた。

「さあ、ばかな真似はやめろ。武器を置くんだ」

ゆっくりとフローラは〈グロック〉を下ろしたが、ピストルを置く代わりに、わたしに狙いを定めた。

「ちょっと待った！　話がしたいんだ」

気持ちを落ち着かせるどころか、ピストルを両手で握りしめたフローラは、引き金に掛けた指を強ばらせながらわたしに近づいてくる、撃つ気のようだった。

そのとき気がついた、トレヴァーの場合とは異なり、わたしはフローラ・コンウェイに対して絶対に何もできないということを。自分の領分にいると思い込んでいたが、まったくそうではなかったのだ。その瞬間、わたしはジャスパーとディアーヌ・ラファエルの忠告に従った自分を悔いた。無責任な助言をするなど簡単なことだ。フィクションの世界は危険であると、わたしはずっと昔から知っていた。同様に、自分自身がこの領域に立ち入るのは大きなリスクを伴うということも知っていた。わたしは、自分が創造したひとりの登場人物から弾丸二発を撃ちこまれ、悲劇的な最期を迎えるだろう。これが幼年期からのわたしの人生だった。たったひとりの常に同じ敵、それは自分自身だった。

「フローラ、落ち着いて。われわれはほんとうに二人で話し合う必要があるんだ」

「あなただれ、冗談でしょ？」

「ロマン・オゾルスキだ」

「知りませんね」

「いや、知っているはずだ、わたしだよ、あなたの敵、最低の男、小説家の……」

わたしは自分の恐怖を隠そうとした。フローラの警戒心は強く、ピストルを向けたままこちらに近づいてくる。

「あなた、どこから現れたの？」

「パリからだ。つまり、現実世界のパリから」

フローラは眉をひそめた。ほんの数メートルの距離まで近づいている。雲は低く垂れこめていたけれど、その雲の隙間から陽が差してイーストリバーに反射した。フローラは銃口をわたしの額に押しつけた。わたしは唾を飲み込んでから、最後の説得を試みる。

「なぜわたしを殺す、自分のほうから呼びだしたくせに！」

彼女の息遣いが聞こえる、重く、息切れしているような、不規則な呼吸音が。周囲の景色が震え、拡大鏡に映ったかのように浮かび上がる。フローラは長くためらったのち、わたしがもう諦めかけたその瞬間、ピストルを下ろして言った。

「ちゃんと説明をしてもらいましょう、このばかげた話を。それがあなたの身のためですから」

3

ブルックリン埠頭。

フローラ・コンウェイの人生に入り込んでからまだ一時間も経っていないが、もうずっと以前から、彼女の人生はわたしの人生の一部となっていた。ランカスター・ビルの屋上で口論になったあと、落ち着いて話そうとわたしは彼女を説得した。

話し合いを始めて面食らった、というのもフローラがこの状況の突飛さをただちに受け入れたからだ。彼女の意識の底に裂け目が開いた。無知というベールを引き裂いて、彼女はついに〝プラトンの洞窟〟から抜け出してしまった。だからこそ、フローラはすぐに自分が小説の登場人物である事実を受け入れたのだった。その反面、彼女はわたしが彼女の話を書くのをやめることを拒否した。話し合いは言い争いとなり、彼女は自宅だと息が詰まると言って、わたしをウィリアムズバーグにある一軒のブラジリアン・バーに連れていった。

埠頭脇にある〈ザ・ファヴェーラ〉は、古いガレージを改装した店で、日陰になる中庭は地元の人々から〝ビアガーデン〟と呼ばれて昼食時は満席になるのだという。どのくらいの時間が与えられているのか分からなかったので、わたしは遠慮せず本題に入った。

「フローラ、あなたの話の続きを書くつもりはない。そう告げるために、わたしはここまでやってきたんだ」

「何それ。でも、それはあなたひとりでは決められませんよね」

「いや、決められる、それはあなたもよく分かっているはずだ」

「書かないって具体的にどういう意味？」

わたしは肩をすくめた。

「それは、この原稿の執筆をやめるという意味だ。それについて考えるのをやめ、わたしはほかの仕事に取りかかる」

「あなたのハードディスクからファイルを削除するわけ？　パソコンでクリックを一回、それであなたはわたしの人生をごみ箱に捨てるということ？」

「それはちょっと単純化しすぎだけど、間違いではない」

フローラは怒りに満ちた目をわたしに向けた。容姿について言うと、顔はわたしが想像していたよりも優しそうに見えた。クリーム色のニットワンピースの上に、細身のデニムのブルゾン、キャラメル色のハーフブーツという装いだった。厳しさの印象は、彼女の見た目ではなく、その視線、短気さ、そして声の抑揚にあった。

「あなたの好きなようにはさせません」彼女は断定するように言った。

「よく考えてくれ、あなたは存在していないんだ！」

「わたしが存在しないなら、あなたはここで何をしてるの？」

「これは一種の訓練というか、わたしの文芸エージェントと精神科医が企てたものだ。ばかげている、それはわたしも認める」

タンクトップ姿で両腕がタトゥーだらけのウェイターが、わたしたちが注文したカイピリーニャ（サトウキビが原料のブラジルの蒸留酒カシャッサ、ライム、砂糖で作るカクテル）を持ってきた。フローラはグラス半分を一気に飲むとこう言った。

「あなたに頼みたいことはひとつだけ、娘を返して」

「わたしが奪ったわけじゃない」

「本を書くなら、責任も引き受けるべきでしょう」

「わたしには、あなたに対するいかなる責任もない。読者に対しての責任ならある、だが……」

「その読者云々（うんぬん）という話、まったくのでまかせもいいところ」フローラはわたしの言葉を遮った。

　わたしは議論を続ける。

「読者に対する責任ならある、だがそれは原稿を刊行すると決めた場合にかぎる。あなたについての物語はそれに当たらない」

「ではなぜ書いたわけ？」

「あなたは自分で書いたものすべてを出版するのか？　わたしは違う」

　酒を一口飲んでから、わたしは辺りを見回した。天気が良くなり、驚くほど快適になっていた。ツタに覆われ今にも剥がれそうなトタン屋根と、タコスを売るフードトラックまである風変わりな場所だった。パリ郊外に昔あったというダンス酒場（ガンゲット）の南米バージョンというところか。

「創作において最も重要なのは、最後までたどり着けなくても、何も結果が残せなくても構わず、色々なことを絶えず何度でも試みること。それはすべての芸術において同様だ。スーラージュは出来に不満足な作品を数百点も燃やし、ボナールは美術館に展示されている自分の絵に手を加えに出かけ、スーティンは画商から自分の絵を買い戻して描き直したという。作品の主人は作者であって、その逆はない」

「知識をひけらかすのはやめて……」

「つまり、自分もピアニストのように音階練習がしたいということだ。わたしは毎日のように書いている、日曜でもクリスマスでも、バカンスに出かけているあいだでも。ノートパソコンを開いて、物語の断片、短編、日々の考察などを書く。自分の書いたものから何かを触発されれば、そのまま続ける。そうでない場合は、別のものを書くというように、極めて単純な話なんだ」

「それなら、わたしの物語の何があなたを〝触発〟しなかったの？」

「憂鬱になってしまうんだ、あなたの話は。それが理由だよ！　書く喜びを得られない。楽しめないいんだ」

フローラはうんざりしたように宙空をみつめた（それから手を挙げ、ウェイターにカクテルをもう一杯注文した）。

「もしほんとうに執筆が楽しいものなら、だれもがそれを知っているはず。つまり楽しい執筆なんて、ありえないということ」

わたしはため息をつき、登場人物たちが〝ガレー船を漕ぐ徒刑囚〟だと言い放ったナボコフのことを思った。ナボコフ自身が〝絶対的な独裁者〟であり、〝その世界の安定と真実に関する唯一の責任者〟である一方、登場人物たちは奴隷として仕えるだけ。煩わされることを拒んだ天才のロシア人作家は正しかった。わたしはといえば、自分の脳から出現したキメラ的な存在を相手に長々と議論しているのだ……。

「いいかな、フローラ、文学のあり方についてあなたと議論するために、わたしはここに来たわけじゃないんだ」

「あなたはわたしの小説が好きじゃないの？」

「それほど好きではない」

「なぜ？」

「気取っていてもったいぶっているし、エリート志向だから」

「それだけ？」

「いや。あらゆる面で最悪なのは……」

「続けて」

「……どの作品にも寛容さがない」

店は禁煙なのにもかかわらず、フローラはタバコに火を点け、煙を吐きだした。

「あなたが所持しているその〝寛容さ〟の取り扱い資格証明書だけど、あなたのほうこそ……」

「あなたの小説が寛容でないのは、読者のことを考えてないからだ。読書がもたらす喜びについても同様。夕方、良い小説の続きを読みたくて早く家に帰りたいと思う気持ち、ほかにはありえない独特な感覚についてもそうだ。そのすべてが、あなたにとっては抽象的なものでしかない。そこなんだ、あなたの小説が好きじゃない理由は、なぜなら冷たいからだよ」

「もういい？　演説は終わった？」

「ああ、もう議論するのはやめようと思う」

「あなたがそう決めたから？」

「二人ともわたしの小説のなかにいるからだ。あなたが好もうと好むまいと、この船の唯一の船長はわたしだ。わたしがすべてを決断する、分かるかな？　だからこそ、わたしは作家になりたかった」

　彼女は肩をすくめた。

「作家になりたかったのは、登場人物たちを恐怖に陥れる暴君になれると想像しただけで勃起したから？」

　わたしはため息をついた。もし彼女がわたしを宥めたかったのなら、まずいやり方だった。一方で、彼女の発言はわたしの仕事を容易にしてくれた。

「聞いてほしい、フローラ、正直に話そうと思う。昼夜を問わず、週七日間、わたしはありとあらゆる連中にうんざりさせられている。わたしの妻、わたしの版元、わたしの文芸エージェント、税務署、裁判所、マスコミ関係者たち。あのクソッたれの配管工もそう、三回も電話してるのに水漏れを直しに来ようとしない。それに、わたしに肉を食べるのをやめろ、あるいはもう飛行機に乗るな、タバコの火を消せ、二杯目のワインを注ぐな、あるいは一日に五種の野菜果物を食べろと言う連中もいる。それから、こんなことを真顔で言ってくる連中もいる、小説家のわたしが、ひとりの女性になり、あるいは思春期の男子になり、中国人になり、そのあと自分の原稿を再読して、だれひとり傷ついていないかを確かめろと。こんなうるさい面々に、わたしは心底うんざりしている……」

「もういいんじゃない、あなたの考えは分かったと思う」フローラが口を挟む。

「わたしの考えはだ、これ以上だれかに邪魔されたくない。ましてやそれが、わたしの頭のなかにしか存在しない小説の登場人物のひとりだったらなおさらじゃないか」

「何を分かっているつもり？　精神科医に会いにいったのは正解でしたね」

「あなたはどうなんだ、自分こそ優秀な精神科医が必要だろうが！　だが、これでお互い言いたいことはすべて言ったはずだ」

「つまり、わたしにキャリーを返してはくれないということ？」

「そう、なぜならあなたからキャリーを奪ったのがわたしではないからだ」

「あなた、きっと子どもがいないのね」

「子どもがいないわたしがこの小説を書きはじめた、本気でそう思っているのか？」

「ひとつ教えてあげる、オゾルスキ。あなたのパソコンからファイルの削除はできるでしょう、でもね、頭のなかからは消せないの」

「あなたはわたしに対して何もできやしない」

「そうあなたが思っているだけ」

「どうなるか見ることにしよう、チャオ」

「どうやって戻るつもり?」

「こうやって、一、二、三!」わたしは親指、人差し指、中指と一本ずつ立てて言った。

「でも、まだいるみたいだけど」

わたしは親指と人差し指をたたむ。残るは中指だが、それをフローラに向けた。

首を左右に振る彼女の眼前で、わたしは消えた。

8　アルミーヌ

他人を理解することは人生のルールではない。人生の物語とは、何度も何度も何度も、いつでも、執拗に、それについて間違えることであり、熟考してもなお、また間違いを犯すものである。

フィリップ・ロス

「でも、まだいるみたいだけど」

わたしは親指と人差し指をたたむ。残るは中指だが、それをフローラに向けた。首を左右に振る彼女の眼前で、わたしは消えた。

ノートパソコンを閉じた瞬間、ブルックリンの夜景が消える。自分の小旅行にまったく不満はなかった。パリの時間は午前三時。暖炉で燃え尽きそうな薪の明かりを除いて、居間は闇のなかに沈んでいた。ニューヨークへの旅でへとへとだったが、大した被害もなく解決できたのでほっとしていた。最後の解熱剤を飲み、椅子から立ちあがると、どうにか数歩あるいてカウチに倒れこんだ。

1

二〇一〇年十月十三日、水曜日。

遅い時間に目を覚ましたが、充分に休めて気分も爽快だった。陰りのない睡眠を得られたのは久しぶりだった。風邪さえも快方に向かっているようで、呼吸がずっと楽になり、こうして頭が万力に挟まれていないと感じるのも久しぶりだ。

さあ、起きるか！　それらを吉兆と思いたかったし、とにかく何かが変わったのだと自分に言い聞かせた。庭に出て食べようと、ダブルのエスプレッソをいれ、バゲットにバターを塗った。秋の色に染まった小さな庭はたまらない魅力に溢れていた。冬の到来を前に、まだ豊穣（ほうじょう）な草木が最後のきらめきを放っていた。燃えるような西洋スモモ。シダとシクラメンは光り輝き、ヒイラギの植え込みがカエデの脇で剪定（せんてい）を待っていた。

想像の国への旅でわたしは元気を取りもどした。相手に事情をすべて説明し、フローラ・コンウェイの影響力から自分を解き放つことができた。わたしは小説家として、改めて自身の自律性と自由を主張した。しかしながら、そのような象徴的な勝利に満足するだけでは済まないだろう。トライのあとのコンバージョンキック（ラグビーでトライを決めた後に与えられるゴールキックのこと）を得るには、現実世界でもわたしが攻勢に出る必要があった。アルミーヌと闘える余地は残されているだろうか？　それは彼女に理性を取りもどさせる最後の試みだ。

わたしはシャワーを浴びるため二階に上がった。バスルームのラジオを点けると、シャワーブースに入った。シャワーに打たれ、耳にシャンプーが入ってしまったが〈フランス・インター〉のニュースは聞こえた。

本日水曜日、政府の年金制度改革に反対する大規模な抗議行動が予定されています。労働組合の共同戦線はフランス全国で三百万人の動員を目指しています。／わたしは、自分がアルミーヌに対して抱いている否定的な考え――婉曲（えんきょく）な言い方ではあるが――抜きで、彼女の姿を具体的に思い浮かべるために精神を集中させる。／〈労働者の力（FO）〉の書記長ジャン＝クロード・マイイーは金融市場を喜ばせるための改正であると非難しました。納税上限額の導入後、〈労働総同盟（CGT）〉は六十二歳までの定年延長を望む〝金持ちたちの大統領〟による超自由主義的で不公平な政策を告発しています。／もちろんわたしは、もっと用心しなかったこと、自分のスマートフォンを不用心に置きっ放しにしていたことを痛切に悔やんでいる。なぜわたしは、妻の直情的かつ極端な性格をよく分かっていたにもかかわらず、彼女がそんなことまでするはずがないと軽く考えてしまったのだろう？／クリスティーヌ・ラガルド経済相は、ストライキによるフランスの経済損失は一日当たり四億ユーロに達し、景気の回復にも影響を及ぼすだろうと述べました。／今のわたしの状況は、まさにあの川を渡るカエルとサソリの寓話だ。絶対に刺さないと誓い、カエルの背中に乗せてもらったサソリは、「どうして刺した？　おまえのせいでどちらも死んでしまうじゃないか」と川の真ん中で詰問するカエルに、「それがわたしの性だから」と答えた。あまりにもお人好しなカエルだったわたしは、息子を極めて深刻な状況に陥れてしまった。／国民の不安の沈静化に努めるエネルギー相ジャン＝ルイ・ボルローの説明にもかかわらず、燃料危機のリスクが……／もしわたしが不当にも攻撃されたような場合、国家機関が保護してくれるものとずっと思ってきた。ところが、警察も裁判所もわたしを守ろうとしなかった。だれひとり真実を知ろうとはしなかった。／一九九五年のアラン・ジュペ首相の公務員年金改革法案を巡るストライキ以来、最大規模のストとなりそうです。／そんな計略を仕掛けられても、わたしはふたたび自分の人生を取りもどせるだろうか？　そう信じたい。何といっても、最初のころわたしとアルミーヌは幸せな時期を過ごしていたのだから。それに二人は、あの小さなすばらしい男の子の両親ではないか。／世論調査によると、スト参加者はアンケート対象者全体の六十五パーセントという圧倒的な支持を得て、反対運動に強硬姿勢で臨むニコラ・サルコジ大統領に不満を表明しました。／夫婦間に生じた数々の危機においても、常に理性が打ち勝つような瞬間もあった。アルミーヌが相手では、その日の真実が翌日の真実とはならなかったのだが。／……この運動には予期されていなかった高校生の参加者も見られ、製油所の封鎖継続は……

シャワーから出ると髭を剃り、ボディーローションをつけてから、清潔なジーンズにワイシャツ、そして細身のブレザーを着た。鏡に向かってとっておきの笑顔まで浮かべた。自分の存在を懸けた大勝負に立ち返れたと信じるためのクーエ・メソッド（フランスの薬剤師、心理学者のエミール・クーエが提唱した自己暗示法）だった。

フランソワ・フィヨン首相はいかなる妥協も拒み、極左勢力および社会党の世論誘導を非難し……

陽の光が降りそそぐなか、わたしは家を出る。ある計画が頭のなかでできあがった。賑（にぎ）やかなシェルシュ・ミディ通りを通りぬける。ストのせいで、サン・プラシド駅で地下鉄には乗れなかった。タクシーはどれも我勝ちにの状態、わたしは最寄りのレンタル自転車ステーション〈ヴェリブ〉まで歩いた。遠くからも自転車が残っているのが分かったけれど、近づいてみるとそのどれもが使えなかった。タイヤがパンクしているか、リムが折れているか、ブレーキが壊されていた。気落ちすることは拒み、次の〈ヴェリブ〉まで歩いたが、状況は同じ。近くに住む男性など一台の自転車を修理しようと、自分の工具箱持参で来ていた。ようこそパリへ（ウエルカム・トゥ・パリス）とはよく言ったものだ。

仕方なく、わたしは徒歩でセーヌ対岸に渡ることにする。ヴォジラール通りでは、スト参加者の小集団が赤い労働総同盟（CGT）の旗を持ち、赤チョッキでラスパイユ大通りを北進していた。大通りでは、多くの別働隊が鼻息を荒くしている。デモ隊の出発は午後二時以降なので、今はリハーサルの真っ最中だった。エアホーンとメガホンの調子を試し、音響を調整し、歌の練習をくり返し（「フィヨン首相、おまえが知ってさえいたなら、おまえの改正案、おまえの改正案、フィヨン、おまえの改正案をどう葬るか、おまえが知ってさえいたなら……」）スローガンを連呼して効果のほどを確かめる。「専制君主サルコジよ、おまえの仲間に課税しろ」、「かかとインソールを何枚敷いても偉大にはなれぬ」、「おまえの〈ロレックス〉でよく見るがいい、反逆の時を！」。〈連帯統一民主・鉄道労働組合〉の待機場所ではすでに昼食が始まっていた。組合カラーの巨大な風船の下で、ボランティアたちがアンドゥイエット、メルゲーズ、シポラタといった腸詰を焼いていた。それらを玉ねぎといっしょにバゲットに挟んで、二ユーロの同志価格で売るのだ。一ユーロを追加すると、ビールかホットワインも買える。耳当て付きのニット帽に斜めがけのショルダーバッグ、ブルゾンの胸に〝ＳＵＤ・教職員組合〟のステッカーを貼った女性参加者が「ビーガンサンドイッチはありますか？」とまるでレストランにでもいるかのように真面目に聞いていた。

群衆に囲まれているわたしは、丁々発止と交わされる軽口やどよめき、匂い、スピーカーから流れる音楽など、それぞれ細かい情景をとらえ、頭のなかのカメラに収めていく。そしてそれらを分類し、脳の奥底にあるファイルホルダーにしまっていくのだ。それがわたしの頭のなかで参考資料となる。わたしがいつも持ち歩いている資料館である。一年後、あるいは十年後、小説の執筆に必要だと思えば、デモの一光景を書くためにそのファイルを引っぱり出すことだろう。こうした習慣を身につけるのには苦労したけれど、今はすっかり習性となり、抗(あらが)うのが難しくなっているほどだ。自分を疲労困憊(ひろうこんばい)させる複雑なメカニズムだが、もうそのスイッチをオフにすることはできない。

2

デモ隊列から何とか抜けでて、わたしはリュクサンブール公園を迂回しオデオン座まで来た。歩道を歩くリズムに合わせて、アルミーヌといっしょに過ごした年月の映像を思い浮かべてみたが、そこに一貫性を見いだすことは難しかった。彼女はイギリスのマンチェスター近くで生まれ、父親はイギリス人、母親はアイルランド人だった。クラシックバレエに夢中となり、ロンドンのロイヤル・バレエ学校にまで入ったものの、十九歳のとき当時のボーイフレンド——ギタリストという触れ込みだったが、実のところ〈ギブソン〉をかき鳴らすよりも〈ギネス〉のパイントとの付き合いのほうが多かった——が運転するオートバイで事故を起こす。六か月以上も入院していたアルミーヌは、二度と高いレベルでは踊れなくなってしまった。事故の後遺症として、とくに慢性的な背中の痛みが残り、その結果、鎮痛剤に依存するようになった。彼女の人生における最大の悲劇であり、アルミーヌは嗚咽（おえつ）なしにその話をすることができなかった。そんな理由もあって、わたしは長いあいだ彼女のいくつかの振る舞いを容認してきたのだ。一九九〇年代半ば、二十二歳の彼女はモデルの仕事をみつけ、ファッションショーのスターとなった。

（ラシーヌ通りからサン＝ジェルマン大通りに出る）

一メートル七十四センチ、85－60－88という体型のほかに、当時のアルミーヌは、短いプラチナブロンドを逆立てたヘアスタイルと、アイルランド人によく見られる淡いそばかすで、競争の激しいモデルの世界でも目立っていた。そのユニークさが反響を呼び、主だったショーにくり返し呼ばれるようになる。ファッションの世界で名が知れるようになると、雑誌のなかで彼女はロックでセクシー――見る者を魅惑せずにはおかない笑みを浮かべ、白と紺の長袖ボーダーシャツに穴あきジーンズ、〈ドクターマーチン〉のブーツ――といったイメージを作り上げた。メタルとハードロックに夢中という話をでっちあげ、オートバイでアメリカを横断したとも公言した。万事が上手くいっていた。絶頂期の一九九八年と翌年の二年間、アルミーヌはヴォーグ誌の表紙を三度も飾り、〈ランコム〉の香水のミューズとなり、一九九九年〈バーバリー〉秋冬シーズンのキャンペーンにも彼女の顔が使われた。

わたしと出会った二〇〇〇年、アルミーヌはすでに表舞台を降り、コマーシャルや映画の端役をみつけていた。相変わらず美しかった。その美が、わたしにすべてを受け入れさせた。わたしはあの時期、あまりに閉じこもってばかりで、パソコンにかじりついていたため、人生の不足分を埋め合わせなければならなかった。何年ものあいだ、フィクションに実人生を紛れこませる努力をしてきたあと、こんどは人生にフィクションを取りこむ必要を感じたのだ。自分に代わってだれかに人生を生きてもらう、そんな生活に終止符を打つ時期が来ていた。小説のなかで描写した感覚を、こんどは自分で味わいたくなった。こんどは自分がロマン・オゾルスキの作品の登場人物になってみたいと思ったのだ。わたしは、情熱、波瀾万丈（はらんばんじょう）、旅、予想外の出来事を欲した。そしてアルミーヌが相手なら期待は裏切られそうになかった。もしわたしの頭のなかがときどき混乱しているとするなら、アルミーヌのそれは正真正銘の大混乱（カオス）だった。その一瞬一瞬が過去のすべてを凌駕（りょうが）する。翌日は遠い先のこと。明後日など存在しない。当初、わたしは魅了されたものだ。二人の物語は、わたしのひどく規則正しいリズムのなかで、括弧で括られた挿入句となった。わたしの虚栄心のために——外から見ればわれわれは〝美しいカップル〟だったし、テオが二人の生活に加わり、忙しくなってしまったという理由もあるが——その挿入句は長くなりすぎてしまった。

（アラブ世界研究所からシュリー橋を渡り、国立アルスナル図書館へ）

そして突然、列車は脱線する。二〇〇八年の金融危機のあいだ、アルミーヌは霊感を得た。わたしたちは権威主義体制のフランスに生きており、ニコラ・サルコジ大統領は独裁者である、と。八年近くいっしょに暮らしてきて、政治意識に目覚めた彼女を見るのは初めてだった。ある写真家の影響を受け、彼女は自治主義的アナーキストの団体に出入りするようになっていた。以前は衣服を買うのに多くの時間（と金）を費やしていた彼女が、一夜のうちに衣装部屋を空にし、そのすべてを慈善団体〈エマウス〉に寄付したのだ。

髪を短く刈り込み、腕と首筋にやっつけ仕事のぶざまなタトゥーを入れた。〝A〟を円で囲んだアナーキストのマークと痩せた黒猫が鳴いている姿、そして名高い頭字語（とうじご）〝ACAB〟も、つまり〝All Cops Are Bastards（警官は全員クソ野郎）〟と。

新しい友人たちは——ときには、革命的集会をうちのアパルトマン内で開く——彼女に罪悪感を植えつけ、それを最大限に利用した。アルミーヌは朝から晩まで自らを鞭（むち）打ち、贖罪（しょくざい）のために現金——ついでに言うなら、わたしのお金でもある——を配るのだった。

その全期間を通じて、もはや彼女の目にテオの姿は映っていなかった。その間、子守りを受け持つのは主にカディジャでありわたしだった。もちろん、わたしはアルミーヌのことを心配し、助けようともした。しかしその都度、わたしは非難された。すなわち、彼女は自分の人生を生きているのであり、自身の行動を夫に指図されるわけにはいかない、家父長制の社会は終わったと言い張るのだった。

数か月後、わたしは脅威が遠ざかったものと思っていた。アルミーヌがアナーキストたちと距離をおくようになったからだ。彼女はゾエ・ドーモンに入れ込むようになっていた。スイスのローザンヌに住む教員で、アルミーヌにエコロジーの手ほどきをした。残念ながら、同じ悪循環が根を下ろす。ひとつの固定観念がもうひとつの固定観念に取って代わられただけだった。グローバリゼーション粉砕の欲求が、気候変動の影響に対する絶え間ない不安となった。最初は有益なことを考えるという意味で、わたしも賛同した。ところが、アルミーヌはすぐに不機嫌な落ち込み、色彩を欠いた強迫観念に襲われるようになる。世界が崩壊する、もはや未来は存在しない、というような。あらゆる計画に意味がなくなる、なぜなら、わたしたち全員が明日、あるいは明後日には死ぬのだから。彼女のブルジョワに対する嫌悪は、西欧文明全体への嫌悪に変わった（アルミーヌの頭のなかでは中国、インド、ロシアには公害をばらまく権利があるが、それはなぜなのか、わたしにはまるで理解できなかった）。

そうした固定観念のせいで、家族の毎日は地獄と化した。タクシーに乗る、熱いシャワーを浴びる、明かりを点ける、リブステーキを味わう、衣服を買う――どんな些細な行動も〈二酸化炭素の排出量〉で測られるので、果てしない緊張と議論が続いた。彼女はわたしに憎悪を抱きはじめ、わたしが世界全体の問題に無関心であり、自分の小説のなかに生きていると、まるでわたしひとりで地球をだめにしたかのように非難するのだった。

さらに、新たな罪悪感が彼女を苛む、「いずれ戦争と大虐殺を知ることになる子どもに命を与えてしまった」と。その言葉をテオの前で口にするのだ、自分の不安をわが子に伝染させているとも気づかずに。就寝前のお伽噺と同じ次元で、氷河の融解や海洋汚染、生物多様性の消滅に関する不明瞭な説明が子どもへの気遣いなしに語られた。五歳になるわたしたちの子どもは、幾千もの動物の死骸や、一杯の水のために殺し合う人々が現れるという悪夢を見るようになった。わたしに責任があるとすれば、行動するのが遅かったことだ。わたしは先手を打って離婚すべきだった。

3

晴れわたった空の下、遠くからバスティーユ広場の七月革命記念柱がくっきりと見えた。モルラン大通り、国立アルスナル図書館を通り過ぎて、モルネ通りに入り、パリで最も異様な場所まで来た。工廠貯水池、現在はヨットハーバーとなり、セーヌ川とサン＝マルタン運河を繋いでいる。家を出たアルミーヌはここに住み着いていた。

運河の両岸には数十の大小様々なペニッシュとか（骨董品のような）ベリションとか呼ばれる川船から、オランダの小型帆船(チャルク)、あるいはヨット、クルーザーまでが泊められていた。

貯水池を跨ぐ歩道橋を渡ろうとしたところで、反対側の岸からバスティーユ大通りに上がる石階段のそばにアルミーヌの姿をみつけた。わたしは大声をあげながら彼女のもとに走り寄る。

「おーい、アルミーヌ！」

わたしは彼女の憤懣(ふんまん)やる方ないといった表情に迎えられた。

「ここでいったい何してるの、ロマン？　わたしに近づく権利がないこと、よく分かってるはずだけど」

彼女はスマートフォンを取りだし、わたしを撮影しはじめた。来るべき裁判でわたしの不利になる新たな証拠というわけだ。わたしは毅然(きぜん)として彼女を観察する。見た目がさらに変化している。剃りあげた頭、痩せ細った身体、迷彩柄のジャケット、そしていたるところにピアスをしていた。軍人が使うようなダッフルバッグを持ち、首にはまた新しいタトゥーが見えた。

「高くつくよ」撮影をやめ、彼女はわたしに警告した。

ＳＭＳですぐさま彼女の弁護を担当する仏米法律事務所〈ウェクスラー＆デラミコ〉

に動画を送ったに違いない。辣腕（らつわん）弁護士を抱える事務所で、そこを彼女に紹介したのは……このわたしだった。

「リヨン駅（パリ十二区にある主要ターミナル駅）に行くのか？」わたしはバッグを示しながら聞いた。

「ゾエに会うんでローザンヌまで行くけど、あなたには関係ないよ」

そばにいるので見たことのないタトゥーの文字が読めた。アナーキスト連中の好きな〝警官はどこにでもいて、正義はどこにもない〟というヴィクトール・ユゴーの言葉だった。

わたしは彼女を逃がすまいとさらに近づいた。

「アルミーヌ、ぼくはきみとまともな話し合いがしたい」

「わたしはあなたと話すことなんて何もないけど」

「ぼくはきみの敵じゃないよ」

「なら、どいて」

階段を上りきったアルミーヌは、通りをよこぎりベルシー通りへと入った。

「友好的に和解するための方法をみつけよう。きみはぼくからテオを奪うことはできない」

「いや、できると考えるべきね。それに一応知らせておくけど、テオはアメリカに連れていくから」

「それがだれにとっても望ましくないことはきみも知っているだろう。テオのためにも、きみのためにも、ぼくのためにもだ」

アルミーヌはわたしを無視して早足で歩いていた。わたしは逃がさない。

「きみはペンシルベニアにある例の集落に落ち着くつもりなのか？」

彼女は否定しようとはしなかった。

「わたしはゾエと二人でテオを育てるつもり。あの子はわたしたちといっしょでまったく問題ない」

「アルミーヌ、ぼくにどうしてほしいんだ！　また金が要るのか？」

彼女は噴きだした。

「もう一銭もないじゃない、ロマン。わたしのほうが金持ちだよ」

残念ながら事実だった。彼女は猛烈な速さで歩いた。軍隊の訓練みたいだった。

「しかし、テオはぼくの息子でもある」

「わたしのなかにおちんちんを入れたから？」

「そうじゃない、ぼくがあの子を育てたからだ、あの子を愛しているからだ」

「テオはあなたの子じゃない。子どもは女たちのものよ。子を宿し、生命を与え、授乳するのは女たちだから」

「ぼくはきみよりもテオの世話をしてきた。あの子のことが心配だった。きみは世界の終わりのイメージをテオの頭のなかに植えつけ、あの子の目の前で、息子を産んで後悔してると何度も言ったんだぞ」

「今でもそう思ってるよ。今の世の中で、子どもを持つのは無責任でしょ」

「そういうことなら、ぼくといっしょに生活させればいいだけの話じゃないか。あの子の誕生は、ぼくの人生で最良の出来事なんだから」

「あなたは小さな自分のことしか考えてないの。どこか少し体が痛むとか、気持ちが少し安らぐとか、それだけ。あなたはほかの人間のことも、あの子のことも考えてない」

「聞いてくれ。きみがテオを愛してること、それはぼくも疑っていない」

「わたしなりに愛してる」

「それなら、あの子にとっていちばんいいのはきみがパリに留まることだと認めるべきじゃないか。ここにはあの子の学校があるし、友だちもいて、父親がいる、街にも慣れている」

「あなた、分かってないんだ、そんなものすべてが粉々になってしまうんだよ。これから起こる大変動はかつてない規模になる。地球は戦場になるの」

わたしは冷静でいるためにありったけの努力をした。

「きみがそのすべてを心配していることは知っている。だが、どのようにそれが直接に息子と関係してくるのかが分からない」

「テオとの関係、それはあの子が強くならなければいけないということ。テオに準備させておく必要があるの、分かるかな。革命、疫病、戦争に備える必要があるってこと」

終わりだった。わたしは負けた。まもなく目的地に着く。高い塔の四面を飾る大時計、リヨン駅の時計台がルイ゠アルマン広場を睥睨（へいげい）していた。それほど期待はしていなかったものの、彼女の心に響かせようと、わたしは最後の告白を試みる。

「きみも分かっているだろう、テオがぼくの命であることは。きみがあの子を奪い去るなら、ぼくは死んでしまう」

アルミーヌはバッグを背負い、駅の構内に消える前に言った。

「でもロマン、それがわたしの望むことなのよ。わたしはあなたがくたばればいいと思ってる」

4

それから後の数時間、わたしはモンパルナスまで歩いて戻ったが、途中で何度かカフェに寄り、昼食を取ったりビールを飲んだりしながらの道のりだった。どんな悪夢よりもひどい状況に追いこまれ、わたしは打ちのめされていた。これまでアルミーヌは絶えず昂揚（こうよう）と落ち込みのサイクルをくり返していたけれど、今日の彼女の精神状態にわたしは不安を抱いた。わたしはそれを察知した唯一の人間だが、警報を発する立場にはない、なぜならわたしは、彼女が裁判にかけようとしている相手だからだ。

こうしたすべての裏切り行為にもかかわらず、今までのところ彼女を恨むことはなかった。それは息子を愛していたからであり、もしわたしたちが出会わなければテオも存在していないと思っていたからだ。しかし今日の午後、初めて、わたしたち父子の世界から彼女に消えてほしいと願っている自分に驚かされた。

ラスパイユ大通りの近くで、今朝見かけたデモ参加者の一団に再会した。主流の隊列には加わらなかったようだ。ホットワインを手に議論を交わしている。彼らの足元に置かれている派手な色の横断幕には〝上流のフランスには金の玉（クイユ・アン・ノール）！　下流のフランスにはまた麺だけ（ヌイユ・アンコール）！〟と書いてあった。わたしはアルミーヌから社会活動への参加不足を指摘されたことを思い返す。その点に関して、彼女は間違っていなかった。えてしてわたしは、共同闘争が無益であると感じていた。いずれにせよ、そこに自分の居場所をみつけるのが苦手だった。とりわけ、集団というものを恐れていた。わたしはやはりジョルジュ・ブラッサンス（フランスの国民的歌手、詩人、作曲家。一九八一年の没後も衰えぬ人気を誇る）の信奉者で、彼と同じく「四人以上になれば、ただのばかな集団」になると思っている。羊の群れ的な行動はわたしを絶望させるし、猟犬の群れにはぞっとさせられる。

午後四時二十分、わたしはロプセルヴァトワール大通りまで戻ってきた。校門の前でカディジャは待っていた。あまり遠回しの言い方ではなく、わたしはアルミーヌとのやりとりのあらましを伝え、夜の食事はテオとうちで取ったらどうかと提案してみた。

「テオはお宅に泊まることもできます」カディジャは言った。アルミーヌは明日の晩まで帰ってこないのだという。

校門から出てきた息子が、こちらに向かって走ってくるのを見ると、わたしの傷ついた心にたちまちドーパミンが注入されたように感じた。

家に帰る途中で二、三軒の店に寄り、夕食のための食材を買った。そのときだった、ポロネギや旬のズッキーニが置かれたなかでカディジャが不意に泣きだしたのは。テオのことが心配で毎晩のように泣いてしまうのだと、カディジャは打ち明ける。

「アルミーヌの出発を阻止するための方法をみつけたんですよ。だからロマンさんに話さないといけないと思って」

彼女の断固とした言い方に、多少怖いとは思ったけれど、同意しないという選択肢はなかった。テオがそばに来る前に、カディジャは素早く涙を拭う。

家に着くとすぐ暖炉に火をくべ、息子が宿題を終わらせるのに付き添ってから、二人でビー玉転がし（マーブルラン）のサーキットを組み立てた。カディジャがテオにシャワーを浴びせるあいだに、わたしはジャガイモと玉ねぎのオムレツを用意し、モロッコ風サラダのオレンジを切りはじめた。

食事のあと、テオが手品を披露してわたしたちを大笑いさせてから、寝る前に、わたしはもう数えきれないほど何度も読んでやった『かいじゅうたちのいるところ』を手に取った（絵本はほとんどすり切れて、手で持つとバラバラになってしまいそうだった）。

居間に戻ると、テーブルの上を片づけてミントティーをいれていたカディジャを手伝い、わたしたちは黙ったまま暖炉の前でお茶を飲む。沈黙を破ったのはカディジャだった。

「ロマンさん、行動に移るべきです。今はもう、自分が不幸だと泣いてる場合じゃないです」

「でも、どうすればいいんだ？」

ゆっくりした仕草で、乳母（ヌヌ）（実際この言葉は彼女の実情に即してはいないが）は一口お茶を飲むと、わたしに質問を返した。

「ロマンさんのお父さんだったら、どうしたでしょうね？」

その問いにわたしは面食らった。この会話のなかに父クリシュトフ・オゾルスキが登場するとは思ってもみなかったが、わたしの置かれた状況を考えれば何でもありえるのかもしれない……。

「自分にはそれを知る機会がなかった、幼いころ、バーミンガムに住んでいたとき、父は母とわたしをおいて家から出ていったからね。でも人が言うには、乱暴だが要領よく仕事をこなす人間だったらしい」

　カディジャは待ってましたとばかりに言った。

「まさにそれです……」

「えっ？」

「あたしの住んでいるオルネ＝スー＝ボワは評判が悪いですけど、色々な人間を知ってます。人をとっても怖がらせるような人間です」

「怖がらせるって、だれを？」

「奥さんです」

「ちょっと待った、カディジャ。世の中はそんなふうには動かない」

　彼女が苛立つのを初めて見た。

「あなた男でしょ、まったく！　降参するつもり？　覚悟を決めなさいよ！」カディジャは怒鳴りながら立ちあがる。

　わたしは宥めようとしたが、彼女は話を打ち切った。

「もう寝ます」

　その目には落胆の色が顕わだった。

「ちょっと待って、寝室のヒーターを点けるから」

「いいえ、ロマンさんの助けは要りません」

彼女は二階に上がる階段の途中でふり返り、わたしに言い放つ。

「結局のところ、あなたの自業自得ですね」

そしてわたしは、最後の支持者を失ったことを理解した。

5

すべての明かりを消した。今やわたしの味方をしてくれる人間はいなくなった。編集者、友人、家族。かつて彼らはわたしのそばにいてくれた、近くにいるのが容易だった栄光の時期には。読者たちでさえ、わたしを見捨てた。彼らはわたしをベストセラーリストの頂点に押し上げてくれたが、ひとり、またひとりと離れていった。すべては安易な順応主義の結果である。こうなったのも、ばかげた動画がネットに出回り――そこには冷蔵庫に蹴りを入れるわたしが映っている――、生まれてから三冊程度しか本を読んだことのない似非（えせ）崩壊学者アルミーヌが、愚劣で凶悪な内容のＳＭＳをわたしのスマートフォンから自分宛てに送ったからである。

世界から良識と理性が消えた。そして勇気も消え失せた。

わたしは、自分たちの問題は自分たちで解決するほかないといつも考えてきた。だがその晩、わたしのなかには何もなかった。ともかくわずかな火花を弾けさせるだけのものさえなかったのだ。わたしは空っぽ。というか、泥と糞と怒りと憎悪と無力感でいっぱいだった。

無意識のうちにノートパソコンの前に座った。わたしに愛され、同時に憎まれている機械。画面を開く。青い光に目が痛んだが、決してディスプレイの輝度は下げない、いつもどおりだった。見えなくなるほど目がくらむ感覚、画面に催眠術をかけられている感覚が好きだった。自己の意識を観察しながら徐々に意識を失っていくという矛盾した感覚を愛した。意識を放棄するこの瞬間、霧がかかったように道標がぼやけていく。それは自己の不在あるいは分離への序奏。未知に向けて開く扉。もうひとつの世界、もうひとつの人生。十もの異なる人生……。

幸せでないとき、話をする相手がいないとき、わたしにはわたしの登場人物たちがいた。その何人かがわたしより不幸なことも知っていた。わたしはそのことに慰めではなく、むしろ連帯感のようなものを感じるのだ。

フローラのことを思った。今、ニューヨークは何時だろう？　指折り数えて時差を計算した。午後五時。そして、わたしはキーボードを叩く。

ニューヨーク、午後五時。

夜の静けさのなか、わたしはバックライトで光るキーボードを叩く。ピアノ曲の始まりのように。文字を見るよりも前に、母音の色、子音の影、わたしはキーボードがたてる音を聞いた。柔らかい唸るような音、ほとんど音楽のような。自由の音。

ニューヨーク、午後五時。

瞼の向こう、光のカーテンの震え。かすかな唸るような周囲の音。目を開く。オレンジ色の輝きがいたるところ押しよせる。わたしはサフラン色の空に浮かんでいた。陽の光が溢れるなか……

9 話の筋道

彼が自分の想像から生まれた世界のなかで幸福をみつけて以来、
もうだいぶ時が経った。

ジョン・アーヴィング

1

ニューヨーク、午後五時。

瞼の向こう、光のカーテンの震え。かすかな唸るような周囲の音。目を開く。オレンジ色の輝きがいたるところ押しよせる。わたしはサフラン色の空に浮かんでいた。陽の光が溢れるなか、ロープウェイはミッドタウンとイーストリバーの上を渡っていた。数人の旅行者と仕事を終えた地元の通勤客を乗せたゴンドラは、ルーズベルト島に向かって下降しはじめる。

脳には靄がかかり、脚にはまったく力が入らず膝から崩れおちそうになる。自分がここで何をしているのか見当もつかなかった。ふたたび、一回目の闖入時に体験した窒息するような感覚を覚える。フィクションの世界の気圧は現実とは異なるのかもしれない。それからすぐに、まるで長いあいだ何も口にしていなかったかのような、低血糖症に苦しんでいるような、あの痛みすら伴う空腹感に襲われた。

ゴンドラが駅に着く。ルーズベルト島の土地鑑はあった。マンハッタンとクイーンズ区に挟まれた帯状の細長い、あまり魅力的とは言えないちっぽけな島である。フローラ・コンウェイと話したかったのだが、わたしには彼女がみつかりそうな場所がまったく思いつかなかった。

「だが、主(あるじ)はおまえだろう」と囁(ささや)く声が頭のなかに響いた。そうなのだ、おそらく。この文章はわたしの脳のほかの部分でアイディアが思い浮かぶにつれて書かれていくのであり、ティーカップを持って肩掛けに包まり、パソコンを前にしているもうひとりのわたしに、今のわたしが誘導されていることは分かっていた。

手がかり——あるいはインスピレーション——を求めて、わたしは辺りを見回した。ゴンドラから出ていく人々のなかから、赤い髭にチェックのネルシャツ、中折れ帽(トリルビーハット)という格好の、プロ用のカメラを手に、機材入れの大きなバッグを肩に掛けた若い男に注目する。たぶんジャーナリストだ。あとをつけることにした。

島は猫の額ほどの広さしかなかった。十分もしないうちに、島の南端までたどり着く。そこにあるのがブラックウェル病院で、建物が五角形なので世間ではペンタゴンの愛称で知られている。病院の敷地内に入るとすぐに飢餓感が激しくなった。めまいがして立ち止まっているうちに、あのジャーナリストの姿を見失った。

今回はあまりに調子が悪いので、もうやめにしたいと思ったほどだった。ひどい痛みが腹を引き裂き、血が煮えたぎり、両脚がアスファルトに沈んでいくように感じた。フィクションの世界に錨を下ろすには、とにかく何かを食べなければならない。病院の案内図を確認するため、先ほどそれを目にした入り口まで後戻りする。案内図によれば〈アルベルト〉チェーンの簡易食堂（ダイナー）があるようだが、コレステロール値を跳ね上げる食事を提供するチェーン店なので場違いなように思えた。

クロームメッキの大きな食堂車がダイナーになっていた。わたしはカウンターの前に並ぶ合成皮革張りスツールのひとつによじ登り、「いちばん早くできるもの」を注文する。注文とほぼ同時に、玉子を二つ載せたトーストが目の前に置かれ、わたしは十日間の絶食を終えたばかりのようにそれをむさぼり食った。

さらにコカ・コーラとコーヒーで、わたしはすっかり元気を取りもどす。頭がすっきりしたので、わたしはダイナーのなかを見回してみる。すぐそばのカウンターの上にニューヨーク・ポスト紙が置かれている。一面の見出しに目が釘付けになった。新聞を手に取って広げ、記事を読む。

小説家フローラ・コンウェイさんが自殺未遂で病院に搬送される

ブルックリン――十月十二日、火曜日、午後十時ごろ、警察と救急隊はフローラ・コンウェイさん宅に出動した。両手首を切り、意識不明の状態で発見されたコンウェイさんは、ルーズベルト島のブラックウェル病院に搬送されたが、重体のもよう。

コンウェイさんから連絡がないことを心配した出版社社主で友人のファンティーヌ・ド・ヴィラットさんが、コンウェイさんの住むウィリアムズバーグのランカスター・ビル管理事務所に安否確認を要請したとのこと。

昨夜、本紙の問い合わせに病院関係者は、コンウェイさんは意識を回復しており、生命に別状はないと回答。同じく本紙の問い合わせに友人のド・ヴィラットさんは以下のようにコメントしている。「非常に痛ましい行為でしたが、その後フローラは体力を回復しつつあります。ご承知のように、数か月前から彼女は極めて困難な時期を過ごしてきました。フローラがその試練に打ち勝てるよう、わたしは友人としてできうるかぎりのことをするつもりです」

この自殺未遂事件は、フローラ・コンウェイさんの娘キャリーちゃんが行方不明になってから六か月後に起き……

2

わたしはタブロイド紙から目を上げた。フローラがどこにいて、なぜ彼女がそこにいるのかが分かった。ダイナーを出ようとしたとき、店の奥に顔見知りの人間を見たように思った。白髪交じりの髭、禿げた頭、突き出た腹。マーク・ルテッリは合成皮革張りのボックス席にぐったりしたようすで座っていた。わたしはカウンターを離れて彼の席に向かう。物思いに耽っていたのか、ハンバーガーとフライドポテトは冷めてしまっているが、数パイントのビールはもう空けたようだった。

「知り合いだったかな？」わたしが正面に座ると、彼は疑わしげな目つきを向けてきた。

「そんなものだね」

きみに生命を与えたのはこのわたしだが、パパと呼ぶには及ばないぞ。

刑事の本性なんだろう、すぐに見抜かれた。

「あんた、この辺の人間じゃないな」

「ああ、だが同じ立場にいる」

「どの立場だい？」

「フローラ・コンウェイの友人なんだ」わたしは説明した。

警戒しながら、彼はわたしをじっとみつめた、こちらの頭のなかと腹を探っている。わたしは、この物語の執筆に入る前に苦心して作成したメモ書きと各人の履歴書のことを考えた。だからルテッリのことはよく知っていた、なかなかいい奴、良心的な刑事だった。これまでずっと彼は、鬱病と、キャリアはおろか家族や恋愛まで台なしにしてきた慢性アルコール依存症と闘ってきた。過度の感受性がじわじわと彼自身を苛んでいった。気が優しいがゆえに不運に見舞われる者たち――容赦ないその法則は残忍さや冷笑に対峙できない人間を打ちのめしてしまう――の長いリストに加えられることは間違いないだろう。

「ビールをおごらせてくれるかな?」わたしは手を挙げてウェイターを呼びながら聞いた。

「じゃあ、もらおうか。あんたの面構え、少なくとも見張り連中には見えないからな。それも芝居の内かもしれないが」

「見張り?」

ルテッリは顎で窓の外を示す。わたしは目を細めて外を見た。男が十人くらいに女がひとり、階段のステップに寝そべっていた。それはウィリアムズバーグの、フローラのアパートメントの前でわたしが見たマスコミ関係者の一団だった。彼らがルーズベルトわたしたちのビールが運ばれ、ルテッリは一気にグラスの三分の一を喉に流し込んでから、難問を突き付ける。

「奴らが何を待っているか分かるか？」

「フローラの退院だろ、おそらく」

「フローラの死だよ」ルテッリは訂正した。「奴らは彼女が飛びおりるのを待ってるんだ」

「考えすぎだろう」

ルテッリは口髭についた泡を拭った。

「見てみろよ、あのカメラを！　どれもこれも七階の彼女の病室に向けられているだろうが」

自分の言葉を証明するため、彼は立ちあがり、内倒し窓を開けようと格闘しはじめた。それを何とか内側に倒すと、窓は半分開いた状態になる。一団が交わす会話の断片が窓を通してわたしたちにも聞こえてきた。事実、聞くに堪えない内容だった。

「飛びおりるつもりなら、さっさとやってくれよ！　待たせるのもいい加減にしろって」しゃくれ顎で耳が横に張りでた、いかにもばかそうな男が言った。黒いコートをマントのように羽織り、神秘的な雰囲気を漂わせようとしている。「光の具合が完璧だ、やばい！　背景が日没って、スコセッシ並みの構図で撮れるぞ」と、ロープウェイの駅からあとを追ったカメラマンが気取って言った。集団でひとりだけの女性も負けていない。「おまけにペニスも凍るこの寒さ」と言って噴きだし、冗談の効果に満足のようすだった。それから、女は拍子をとって叫びだす。「もう・すぐ・飛びおりる！　もう・すぐ・飛びおりる！」すると、同僚たちも同調して歌いだす。「もう・すぐ・飛びおりる！」

下劣さの底まで落ちてなお、連中はさらに下に向かおうとしていた。娯楽ニュース（インフォテインメント）によるポルノ。吐き気がする。反吐（へど）が出る。

「最初から、連中が望んでいたのはフローラの自殺だった」ルテッリは嘆く。「三面記事の結末にはフローラの死がどうしても要る。できることなら、実況中継の映像が欲しい。GIFで三十秒程度、彼女の投身自殺のクリップだよ。最多の〝いいね〟と〝リツイート〟を獲得するってわけだ」

「フローラの病室がどこか知ってるか？」

「七一二号室だが、おれは係員に止められたよ」

ルテッリはビールを空け、瞼を揉んだ。わたしは、とてつもない疲労感を見せる彼の目つきが気に入ったが、そこには再燃する可能性を秘めた熾火（おきび）のような力強さも宿っていた。

「いっしょに行こう、入れてもらえると思う」わたしは言った。

3

エレベーターで一気に七階まで上がる。一階ホールは問題なくよこぎった。病院関係者と思われているかのように、だれにも何も呼び止められなかった。ルテッリの反応は、困惑と感嘆の狭間でさまよっていた。

「いったいどうやったんだ？　あんた、マジシャンか何かか？」

「いや、マジシャンはうちの息子だよ、わたしは、それとはちょっと違う」

「まるで分からない」

「しいて言うなら〝主〟かな」

「何の主だ？」

「すべての。というか、この世界の」

額に皺（しわ）を寄せたまま、ルテッリはわたしを睨（にら）みつけた。

「あんた神様にでもなったつもりかい？」

「実際、ある種の神ではある」

「おお、そりゃすごい……」

「しかし、だからといって毎日が万事上手くいくとは思わないでほしいね」

ルテッリは何度も首を左右に振った、明らかに、わたしが完全にいかれていると思っている。もう少し話をしてやるつもりだったが、長い廊下へと続くドアが開くと、そこに顔の片側半分が火傷(やけど)の痕に覆われた、巨人のような体軀の看護師がひとり待機していた。

「七一二号室のコンウェイさんに会いに来たんです。容態はどうですか？」

「お姫さまは何も食べたくないようだね」とだけ、男はステンレスのトレイを見せながら答えた。

得体の知れないソースに浮かぶキュウリ、廊下中に匂いを放つ灰色っぽい魚料理、ゴムのようなマッシュルーム、しなびたリンゴと、なかなか美味(うま)そうな食事には見えたのだが……。

ルテッリは相手の体格をものともせず、ブルドーザーのように看護師を押しのけ、わたしもあとに続いて七一二号室に入った。

病室の備品は極めて質素だった、幅の狭いベッド一台、〈ハリー・ベルトイア〉風の鉄製椅子が一脚、合板の小さな机、その上方に、赤いベークライト製の緊急用壁掛け電話といったふうに。

虚ろな目つきのフローラ・コンウェイは、二つの枕に支えられ、ベッドで上半身を起こしていた。

「フローラ、こんばんは」

フローラは驚いたようすもなくわたしたち二人をみつめた。一瞬、わたしは彼女が二人を待っていたという突飛な感覚にとらわれた。

ルテッリはかなり気兼ねしている。内気な彼には、この狭い病室のなかで自分の居場所がみつからないようだ。

「腹が減ってるんだろう」ようやく彼は口を開く。「このブタ箱の食事はまずそうだからな」

「マーク、ちょうどあなたが食べ物を持ってきてくれたらいいなって思ってたの！　で、〈ハッツラチャ〉のブリンツは持ってきてくれた？」

悪さをみつかった子どものように、刑事はすぐに下の〈アルベルト〉で何か食べられそうなものを買ってくると言いだした。

「サラダは何でも揃(そろ)ってるんだ」とルテッリは提案する。

「どちらかというと、わたしはバンズをカリカリに焼いたレアチーズバーガーがいいと思ってたんだけど」フローラが異を唱える。

「了解」

「オニオンも入れて」

「オッケー」

「……ピクルスもね……」

「はいよ」

「……それとフライドポテトも」

「注文はきちんと頭のなかにメモったよ」と彼は言って静かに病室を出ていった。

フローラと二人きりになり、わたしもしばらく無言のままでいた。それから包帯の巻かれた彼女の両手首を指さして言う。

「そこまでやらなくても良かったんじゃないか？」

「もう一度あなたを呼びもどすには、これしか思いつかなかった」

フローラは、ベッド脇の椅子に腰掛けようとするわたしの顔をじっと見ていた。

「あなたもそれほど元気そうには見えないけど」

「今が人生で最高とは言いがたい」

「わたしの物語を書きはじめたとき、あなたは自分の人生で起こった出来事を別の形に置き換えた、違う？」

「そこまで悲劇的ではないけど、息子といっさいの接触ができなくなりそうな状況ではある。妻が画策してわたしから親権を奪ったうえに、こんどは息子を連れてペンシルベニアにいる環境保護マニアの集団といっしょに暮らしたいなんて言いだした」

「息子さんはいくつ？」

「六歳」

わたしはスマートフォンからテオの写真を探して見せる、奇術師ハリー・フーディーニ風のマントに山高帽、アイライナーで描いた細いチョビ髭、そして魔法の杖という格好だった。

フローラも同じように幸せだった時期の写真を見せてくれた。ケンケンパをしているキャリー、コニーアイランドで回転木馬（メリーゴーラウンド）に乗るキャリー、お茶目な笑みを浮かべるキャリーは、口はもちろんのこと顔の半分ほどがチョコレートムースまみれだった。笑いと涙に彩られた、追憶と限りない悲しみの混じり合った写真。

「昨日あなたが言ったことを考えてみた」しばらくして、フローラが言った。「執筆中は、わたしも同じように、登場人物たちを窮地に追いこんで、彼らがそこから逃れようともがくのを眺めるのが好きだった」

「それが創作のルールだ」わたしは言った。「彼らとともに震えあがる、たとえ逃げ道がなくても、何とか窮地から逃げ出せるよう期待する。絶望的な状況にあっても、常に脱出口がみつかることを期待するんだ。だが、絶対的支配者でありつづけなければならない。作家には登場人物たちの前で退位することは許されないから」

病室内には熱気がこもっていた。鋳鉄製ラジエーターのなかを循環する湯が派手な音をたてる。まるで食べすぎた暖房システムが消化に苦労しているかのようだった。

「ただ、たとえ小説のなかであっても、作者の自由が無限なわけではない、それはあなたもよく知っているはず」フローラは反論した。

「どういう意味かな？」

「登場人物にはそれぞれ独自の真実がある。ひとたび彼らが舞台に上がってしまえば、あなたは彼らのアイデンティティ、彼らの真の性格、彼らの秘められた人生を無視して棚上げにすることはできない」

彼女はわたしをどこに導きたいのかと自問する。

「幻影が消えなければならない瞬間があり、仮面が剝がされなければならない瞬間がある」彼女は続けた。

フローラの言いたいことがより理解できるようになったものの、彼女といっしょにそこへ立ち入っていきたいのか自分でも確証が持てなかった。

「ロマン、小説家には自分の登場人物に対して負っている何かがある。それは真実の分け前。だから、わたしの分の真実をくれると約束してほしい！」

わたしは立ちあがり、アストリア地区のビル群に反射する最後の陽光をみつめた。暑さに参ってしまい、わたしは勝手に窓を開けた。そのとき、下の入り口付近で叫び声が聞こえた。窓から身を乗りだして見ると、マーク・ルテッツリがマスコミ関係者グループと取っ組み合いの喧嘩をしている。彼が例のスコセッシを夢見る男に一発かましたところだった。すると、六、七人が仲間に助太刀しようと元刑事に襲いかかった。だがルテッリは、体重超過ぎみにもかかわらず、ハエでも相手にしているかのように彼らを押しもどした。病院関係者たちが乱闘騒ぎの仲裁に駆けつけたとき、病室の壁掛け電話が鳴った。鼓膜を引き裂くような鋭い音だった。フローラが受話器を取って相手が話すのを聞いたあと、受話器をわたしに差しだした。

「あなたに電話」

「ほんとに？」

「ええ、あなたの奥さんから」

4

「あなたに電話」

「ほんとに？」

「ええ、あなたの奥さんから」

パリ、午前三時。

居間の薄明かりのなか、クルミ材の机の上でスマートフォンが震えた。画面に〝アルミーヌ〟とどぎつく光る文字が表示されている。現実への苦々しい帰還。思わず両手で頭を抱えた。深刻な事態が待ち受ける予感。わたしには知りえない理由から、アルミーヌはローザンヌから真夜中に帰宅したのだろう、そしてテオの不在を知った。不意にわたしは事態を理解する、交通機関のストライキだ。電話には出ないと決め、すぐにフランス国鉄（SNCF）のサイトに接続した。パソコンの反応が遅く、わたしがただの利用客（ユーザー）であって顧客（クライアント）ではないと自覚させる簡潔な声明が掲げられていただけだった。結局、リヨンのパール＝デュー駅のホームページで、わたしは目当ての情報をみつけた。ローザンヌ行きの高速列車（TGV）はリヨン止まりになっていたのだ。アルミーヌは次の列車を待つのにしびれを切らし、パリに戻ろうと決めたのだろう。検索を終えたとき、留守番電話にアルミーヌが長いメッセージを吹き込んでいたことに気づいた。

録音を聞いたが、呼吸音と意味不明の言葉のみで、わたしは何も理解できなかった。もしかすると、心配するだけ無駄だったかもしれない。おそらくアルミーヌはスイスに向かう何か別の方法をみつけて、この電話は誤作動でわたしにかかってきただけという可能性もある。とはいえ、わたしはまるっきり安心したわけでもなかった。嫌な予感がするのでアルミーヌに電話してみたが、留守番電話に繋がった。

どうしようか？

わたしはブルゾンを着込むと裏口から外に出た。また雨が降りだしていた。ほぼ土砂降り。角を曲がった先の道の車庫に、小型車を停めてあった。ほとんど乗ることのない〈ミニ・クーパー〉だが、一発でエンジンはかかった。朝と同じ道順をたどる。午前三時、パリは人気(ひとけ)がなく、セーヌ川を渡るまで十分もかからなかった。アルスナル貯水池に着くと、ヨットハーバーの入り口があるブルドン大通りですぐに駐車スペースがみつかった。

ブルゾンを頭に被り、階段で岸まで下りる。雨のなか、白い石階段がニスを塗ったキャンバスのように光っていた。けれども途中で、小さな鉄柵の門に阻まれた。門に掛けられた掲示板には〝関係者以外の貯水池への夜間出入りは禁止されており、犬を連れた警備員が巡回している〟との警告が記されていた。

だが見たところ犬一匹、猫一匹いなかった。こんな天気の深夜、どんなまぬけが外をうろつくというのか。わたしは鉄柵を乗り越え、反対側に飛びおりた。船がどの辺に繋がれていたのか、はっきりとは思いだせなかった。いずれにせよ、わたしが前回来たときから移動したことも考えられた。外灯の明かりだけを頼りに五分以上かけ、目的の川船(ペニッシュ)をみつけた。家を出た当時のアルミーヌは、わたしから結婚五周年のプレゼントで手に入れたオランダの小型帆船(チャルク)——マストは外してあった——を住まいにしていたのだ。わたしはその船上で居心地よく感じたことはなく、足を踏み入れることもたまにしかなかった。

さて、甲板に飛び乗った。船内はほのかな明かりに照らされている、つまり無人ではないということだ。

「アルミーヌ？」

操舵室のドアを叩いたが、返答はなかった。

ブリッジから、主要船室に入りこむ。キャビンは充分に快適で、ローテーブルにカウチとテレビを備え、小さな階段でテラスにも出られる。ペニッシュが揺れた。窓ガラスの向こうに、大雨で泥に濁ったサン゠マルタン運河の水面が見えた。わたしはすぐに船酔いをする質だった、たとえ川船であっても。

「アルミーヌ、いるのか？」

スマートフォンのライトを点けて、わたしは先端に位置する二つの船室に向かう。だがすぐに、狭い廊下に倒れている妻の姿が目に入った。

わたしは彼女の頭部付近にしゃがみ込む。気を失っていた。唇は青く、爪は紫色、湿った肌は冷たかった。

「アルミーヌ！　アルミーヌ！」

彼女のそばにはスマートフォン、ウォッカ〈グレイグース〉のボトル、そして鎮痛剤だが半合成麻薬でもある〈オキシコドン〉の筒状容器が転がっていた。というわけで、その晩の出来事を再現するのは容易だった。おそらくアルミーヌは苛立って帰宅、精神的な苦痛もあり、すでに酔っていたのだろう。もしかすると息子の不在にすら気づいていなかった可能性もある。オキシコドンとウォッカに、ひょっとすると睡眠薬も混ぜたのかもしれない。呼吸器の機能を低下させる王道である。

わたしは彼女を揺すり、指で瞼を開いた。瞳孔が収縮して針の頭ほどになっている。深い眠りから呼びもどすのは不可能だった。脈を調べると遅くなっている。呼吸は弱く、しゃがれた音が混じっている。

わたしは何度となく彼女に警告していた。疼痛対応薬オキシコドンの服用量が規定の上限を大幅に超えることがかなり頻繁にあったのだ。しかもアルコールや睡眠薬、向精神薬と併せて摂取していた。それらの薬の効力を最大限に高めようと、砕いて粉状にしているところさえ見たことがあった。

今回が初めての過剰摂取（オーバードーズ）ではなかった。二年前にも気を失ったことがあり、拮抗剤（きっこうざい）〈ナロキソン〉のスプレーで危ないところを救ったのはわたしだった。以来、わたしは常にそのスプレーを自宅の救急箱に保管していた。今はアルミーヌがそれを常備していることを期待するほかなかった。シャワー室に行ってあちこち探し回り、ついにそれをみつけた。

キットの封を破る。ナロキソンは奇跡を生む薬ではないが、救急隊を待つまでの短時間、モルヒネの作用を抑える効果があるのだ。

突然わたしは動きを止める、奇妙な現象が起きていた。わたしは自分の行動から距離をおき、離れた場所からそれを観察していたのである。

時間が膨張し、揺るぎない明白な事実が浮かびあがってきた。わたしはアルミーヌを救えるけれど、何もしないこともできる。ただ彼女が死ぬのを放っておけばいい。そうすれば、わたしが抱える問題のすべてが彼女といっしょに消え去ってくれる。テオはパリで学校に通い、わたしもいずれ親権を取りもどせる。オーバードーズによるアルミーヌの死は、わたしに対する彼女の告発の信頼性を失わせることになり、わたしを法的および経済的な厄介事から解放してくれるだろう。人生が、思いがけない大逆転の機会をわたしに贈ってくれたのだ。

心臓が高鳴った。自分の小説と同様に、やっと、わたしはすべての舵取りをする立場になった。「結局のところ、あなたの自業自得ですね」と、わたしを卑怯者扱いしたカディジャの厳しい表情を思いだす。こんどこそ弱気になってはならない。アルミーヌは自分ひとりで今の状況に陥ったのだから。わたしは自分の運命の支配者であり、自分の人生を左右できる唯一の最終決定者だった。息子を育て、毎朝のようにココアをいれてやり、夜は物語を読んであげ、いっしょにバカンスに出かけるだろう。もう息子を失う恐れはなくなる。やっと。

5

デッキに出た。雨がより激しくなっている。相変わらず猫一匹いなかった。とはいえ、十メートル先も見えないのだが。わたしがここに来たことはだれにも見られていない。ヨットハーバーのこの辺りには防犯カメラが設置されているのかもしれないが、確実とは言えない。それに、だれが映像などチェックするだろうか。オーバードーズであることは明らかなのだ。アルミーヌを殺したのはわたしではない。彼女自身だ。彼女の行動、錯乱、自らを傷つけようとする意志が殺したのだ。

　わたしは雨のなかを走った。本気でそうするつもりでいた。もう後戻りすることはないと自分でも分かっていた。車に近づきながらドアロックを解除し車内に潜りこむ。すぐにエンジンをかける、一刻も早く自分とあのペニッシュのあいだに距離をおきたかった。バックギアを入れ、そして、わたしは悲鳴をあげた。

「冗談はやめろ！　びっくりした！」

　助手席にフローラ・コンウェイが座っていた。さらさらの切りっぱなしのボブ（ブラントカット）に人を射るような緑の瞳。刺繍の入ったニットワンピースにデニムのブルゾンという格好だった。

「どうやって車に入った？」

「この車にはあなた以外だれも乗っていません、ロマン。すべてあなたの頭のなかで起こっていること、それは自分でもよく分かっているはず。生命を与えた登場人物たちが、その作家に取りつくってあなたはインタビューのたびに話しているじゃない」

わたしは目をつぶって、深く息を吸い、しばらくして目を開けたらフローラ・コンウェイがいなくなっているよう期待した。だが、そうはならなかった。

「消えてくれ、フローラ」

「あなたが殺人を犯すのを止めに来たんです」

「わたしはだれも殺していない」

「あなたはそれをやりつつある。奥さんを殺そうとしている」

「違う、だれも物事をそんなふうに見ることはできない。わたしを殺したいと思ってるのは彼女のほうだ」

「でも今この瞬間、自分の反吐にまみれて窒息死しつつあるのは彼女」

雨のカーテンがフロントガラスを覆っていた。二回続けざまに稲光が空を引き裂き、そのあと、重々しく雷鳴が轟（とどろ）いた。

「わたしは自分の務めを果たす、それを複雑にしないでもらいたい、頼むよ。あなたは自分が出てきた場所に戻ることだ。人はそれぞれ自分の問題を抱えているんだ」

「あなたの問題はわたしの問題、わたしの問題はあなたの問題、よく分かっているくせに」

「その点で言えば、アルミーヌの死はわたしの問題すべてを解決してくれるんだ」

「ロマン、あなたはそんな人ではないでしょう」

「人間はだれしも潜在的に殺人者であると、あなた自身も書いているじゃないか、子どもでも人を殺せるし、老婆だって人を殺せるって」

「もしこのままアルミーヌを死なせてしまったら、あなたは向こう側に行ってしまう。そこからこちらにはもう戻れない」

「ずいぶんと使い古された言葉だな」

「違う！　あなたはもう以前のロマン・オゾルスキではなくなってしまう。人生がそっと元に戻るなんてことはないの」

「息子を守るにはこれしか方法がないんだ。もしアルミーヌを救ったとしても、あの怒りっぽい女からは感謝の言葉すらないだろうね。それどころか、アメリカに行く計画を早めてしまうかもしれない」

「このまま放置すれば、あなたは殺人者になってしまう。そのことで昼となく夜となく苛まれるでしょう」

天候はさらにひどくなっていた。サンルーフに叩きつける雨で今にもガラスが割れるのではないかと思った。車内が耐えがたいほど息苦しくなったので、わたしは一か八かの賭けに出る。

「フローラ、ではわたしの運命をあなたに預けようじゃないか。わたしがアルミーヌを見捨てれば、あなたはキャリーを取りもどす。わたしが妻を救えば、あなたは二度と娘さんには会えない。決めるのはあなただ」

フローラは虚を突かれたようだった。表情が変わり、瞬時にわたしも知っている例の厳しい顔つきになった。

「あなた、ほんとに最低ね」

「あなたが責任を取る番だ」

フローラは怒りのあまりガラス窓を殴りつけた。

わたしはさらに追い詰める。

「さあ、決めてくれ！ あなたは〝向こう側〟へは行かないのか？」

フローラはうなだれる、疲れ果て、虚脱状態だった。

「わたしはただ、真実が欲しいだけ」

彼女はドアを開けて車から出る前に、もう一度わたしをみつめた。二人とも同じ袋小路に閉じこめられていた。彼女の目に、わたし自身の苦悩が読めた。彼女の疲労困憊のなかには、わたしの悲嘆があった。わたしも車から降りてフローラを引き止めようとしたが、彼女の姿は消えていた。そして分かったのは、おそらくフローラ・コンウェイを見るのはこれが最後だろうということだった。

打ち負かされたわたしは、白い石階段を下り、岸に着くとペニッシュへと向かいながらスマートフォンで緊急医療救助隊（SAMU）を呼んだ。

10　苦痛の帝国

人生という、わたしたちに課されたこの荷物は、われわれにとって重すぎるうえに、多くの苦悩と失望と解決しようのない問題をもたらす。それに耐えるためには、鎮静剤を欠かすことができない。

ジークムント・フロイト

1

マサチューセッツ州、ケープ・コッド。

その救急車は砂丘のあいだを蛇行する小道に砂ぼこりを上げながら進んだ。水平線に沈みつつある太陽が、松や灌木(かんぼく)の影を伸ばし、オレンジ色のフィルターで草木を彩っていた。

両手でハンドルを握りしめ、決然とした目つきのフローラは、速度を落とさず車の振動に耐えていた。湾北端の岬は、小さな丘の上に建つ高さ十二メートルの古い八角形の灯台まで続いていた。〝二十四の風の灯台〟という名の、その灯台に併設する白い美しい家は、鎧のように木の板をまとい、粘板岩葺きのとんがり屋根が海を見ている。ファンティーヌのセカンドハウスだった。

フローラは、数時間前に盗んだ救急車で砂利の敷かれた小道を家のそばまで進み、ファンティーヌのロードスターの横に停めた。波と岩に囲まれたその場所は、相反する二つの感情を抱かせる。太陽が輝いていれば絵はがきのようにのどかな風景になり、マーサズ・ヴィニヤード島やケープ・コッドに家を所有する人々が飾りたがる、ちょっと田舎風の海の絵のような雰囲気を味わうことができる。だが雲と風が優勢になると、その景色は桁違いに荒れてドラマチックに変化する。太陽が沈んだ今はまさに後者の状況だった。影のなかに沈んだ花崗岩の断崖は、その眺望を凝固させ、エドワード・ホッパーが描く不穏な絵のように遠近感が歪んでいた。

フローラは二回、ここに来たことがあった。まだファンティーヌが家の改修工事を始める前のことだ。意を決して、小さなポーチに守られた玄関への階段を上がる。扉を叩くと、数秒後にファンティーヌが扉を開けた。

「フローラ？　あら……どうして連絡くれなかったの」

「邪魔だった？」

「そんなことない、大歓迎」

スキニージーンズに貝ボタンのついた青いブラウス、エナメル革のバレエシューズと、ファンティーヌはどんなときでも優雅だった。まだ週末が始まったばかりで、世間とは隔絶された別荘に、たったひとりでいるときでさえ。

「どこから来たの？」ファンティーヌは不審の目を救急車に向けながら聞いた。

「うちから。何か飲みたいな」

ファンティーヌはすぐに取り繕ったが、一瞬ためらったのをフローラは見逃さなかった。

「もちろん、入って！」

家はすっかり改修されていた。見せ梁(ばり)の上が居間になっており、そこに大窓が開けられ、海に向かって果てしない眺望が広がっている。すべてが主人のイメージどおりの良い趣味だった。床はオイル仕上げの幅広オーク無垢材、シャビーシックな淡い色に塗った木製家具、〈フローレンス・ノル〉のカウチはパウダーピンクという具合に。そのカウチに座ったファンティーヌが、カシミアの肩掛けに包まり、ハイアニス港の若い手造り職人の店で買った有機ハーブティーをちびりちびり飲みながら、もったいぶった文体の原稿を読んでいる姿をフローラは容易に想像できた。

「何がいいかな？　ちょうどアイスティーを作ったところなんだけど」

「それがいい」

ファンティーヌがキッチンに消えると、フローラは窓に近づいた。はるか彼方の水平線に、一艘（いっそう）のヨットが波のうねりに押されながら消えていくのが見えた。空で雲が渦を巻いている。ふたたび彼女は、現実が揺らいで、海原が開けているにもかかわらず閉じこめられているような感覚に襲われた。切り立った絶壁、波のざわめき、けたたましいカモメの叫びが、彼女を茫然（ぼうぜん）とさせた。

後ずさりして、暖炉のそばに避難する。ほかの内装と同じく、いわゆる〝暖炉周り〟も快適にきちんと整理されていた。薪入れの籠、ほぼ新品の鞴（ふいご）、そして火掻（ひか）き棒やトングなどを揃えた、よく磨かれた金属製のスタンドが置かれていた。暖炉の上には、クロード・ラランヌ作のブロンズ製の彫刻「リンゴ＝口（ポム・ブーシュ）」と、銅製のプレート――以前フローラは、この家を囲む低い塀にこれが取りつけられているのを見た覚えがある――が置かれていた。そのプレートには風配図（〝風配図〟は英語でウインドローズ、フランス語でローズ・デ・ヴァンと言い、いずれも〝風の薔薇〟を意味する）と、古代に知られていた様々な風の名前が刻まれている。そして、風配図の下には〝二十四の風が吹いたあとには、何も残らないだろう〟というラテン語の言葉が記されていた。推して知るべし……。

「はい、どうぞ」

フローラはふり返った。一メートルほど後ろにファンティーヌがいて、氷の入った大きなグラスを差しだしている。不安を隠せないようだった。

「フローラ、あなたほんとに大丈夫？」

「わたしは大丈夫。でもあなたは、何か心配してるみたい」

「火掻き棒なんて手に持って、何をしてるの？」

「ファンティーヌ、わたしが怖い？」

「そんなことないけど……」

「ふーん、だとしたら、それは見当違い」

ファンティーヌは一歩下がり、両手で顔を一撃から守ろうとしたが、それをかわすには動作が遅すぎた。悪魔がやってきて彼女の目の前で黒いカーテンを引く。ファンティーヌは、自分の身体が床板にくずおれる音を聞くという不思議な感覚を覚え、そして、気を失った。

2

ファンティーヌが目を開けたとき、辺りは夜になっていた。完全な闇のなかにいたので、おそらくだいぶ前に日が暮れたのだろう。首の後ろ、鎖骨からうなじにかけて焼けるような痛みがあった。自分では見えないが、皮膚が異常に大きな水ぶくれを伴う腫れで変形しているのを感じた。麻酔から醒めたときのように瞼が重く感じ、自分がどこにいるのか分かるまで長い時間がかかった。この狭い空間にかつては灯火が置かれていた。両手首と両腕が、ふだんなら外の踊り場に置いてあるはずの〈アディロンダック〉のデッキチェアにきつく縛られている。漁網で両足もがんじがらめにされ、完全に動きを封じられていた。

冷や汗の浮いた身体をよじって、ファンティーヌは何とか背後を見ようとしたが、あまりの痛みにそれを諦める。風が灯室の窓ガラスを震わせた。突然、上空の雲間から半月が出現し海面に反射した。

「フローラ！」ファンティーヌは叫んだ。

だが、返事はなかった。

恐怖に駆られた。狭い灯室は掃除もされないまま打ち捨てられていた。塩と汗と魚の臭いがしたが、実際それらの臭いは、ここまでは上がってはこないはずだった。建物のなかでこの場所だけファンティーヌは改修工事をしなかった。というのも、ここが居心地悪く感じたためで、息を呑むような眺望が望めるにもかかわらず、再度足を踏み入れることはなかった。

不意に床が軋み、フローラが目の前に現れた。石のような無表情、目だけが妖しい光に燃えていた。

「どういうつもり、フローラ？　解(ほど)いてよ！」

「黙りなさい！　あなたの言うことなんか聞きたくない」

「いったいどうしたの？　わたしはあなたの親友でしょ、フローラ、いつでも親友だったじゃない」

「違う、あなたには子どもがいない、わたしのことなんて理解できない人」

「そんなわけないでしょう」

「黙れと言ったじゃない！」フローラは怒鳴ると、ファンティーヌに平手打ちを食らわせた。

さすがに黙ったファンティーヌの頬を涙が伝う。フローラは木製の手すりにもたれかかり、救急車から持ち出してきた緊急医療セットのなかを調べはじめた。ようやく探していたものがみつかると、彼女はファンティーヌに近づいた。

「知ってるかな、半年前からわたしは色々考えていた……」

月光に照らされ、フローラが手にしている物が明らかになる。柄(え)が扁平(へんぺい)な二十センチほどの手術用メスだった。

「よく考えた結果、わたしはこう思った。小ぎれいにしているけれど、あなたは下劣な人間、悪魔のような異常者に違いないって」

ファンティーヌは、脈が速まり、腹の底からパニックが湧いてくるように感じた。悲鳴をあげることもできたが、だれが聞いてくれるだろう。ここは時の流れの外に開いた裂け目のような場所で、もはや過去と現在と未来の境界がなくなっているのだった。風が凄まじい音をたてている。いちばん近い家でも一キロ以上も離れており、その隣人はといえば、八十五歳なのだ。

憑かれたようすの緊張しきったフローラは、思いの丈を吐きだす。

「キャリーが生まれてからずっと、わたしが軟弱になった、切れ味も辛辣さも創造性も失ったって、あなたはわたしを責めたてていた。だから、この際、思っていることをはっきり言ってあげましょう。わたしを底知れない悲しみのなかに突き落とすために、あなたは娘をさらったんだ」

「ありえない！」

「いいえ、ありえるの。あなたの信条っていうのは、いつだってアントニオ・ロボ・アントゥーネスの言葉〝人類は苦悩し、作家はその苦悩を自分の仕事のなかでどう利用しようかと自問する〟だった。あなたの好む本というのは、血と涙に浸したペンで書かれたもの。あなたは、わたしが小説を書くために苦しみを味わうことを望んだの。純粋に苦しみを扱った小説を、かつて書かれたことのない作品を欲した。なぜなら、実は、最初から、あなたの望みはわたしに動揺を搾り出させて、本を書かせることだけだったから」

「本気で言ってるんじゃないでしょうね、フローラ、あなた頭がおかしくなってる。あのことのせいで正常な判断ができなくなっているのよ」

「そう、もちろん真の創作者はみんな頭がおかしい。絶えず脳が過剰に活動しているから、いつ破裂してもおかしくないというわけ。では、わたしの言うことをよく聞いて。あなたにひとつだけ質問するけど、わたしはたったひとつの答えしか聞きたくない」

フローラはメスの刃をファンティーヌの目から数センチのところに近づけた。

「もしあなたの答えが気に入らなければ、残念だけど仕方がない」

「やめて、メスを下ろして。お願いだから」

「うるさい黙れ、今はわたしが質問してるの。娘をどこに監禁した？」

「キャリーには何もしていない、フローラ、誓います」

驚くべき力で、フローラはファンティーヌの喉を片手で鷲(わし)づかみにすると、唸り声をあげながら締めつけはじめた。

「わたしの娘をどこに監禁したの？」

フローラは同じ質問をくり返した数秒後に喉を絞める手を緩めたが、ファンティーヌが息を吸ったその瞬間、憤怒の叫びをあげながらメスを握る手を振りおろした。メスはファンティーヌの掌を貫き、椅子の肘掛けに突き刺さった。

一瞬の静寂。

そして耳をつんざく悲鳴。椅子の肘掛けに釘付けにされた自分の手を恐怖とともにみつめるファンティーヌの顔は苦痛に歪んだ。

「なぜわたしにこんなことをさせるの？」フローラが聞いた。

額の汗を拭った手で、また緊急医療セットのケースを探り、もうひとつのもっと短くて細い手術用メスを取りだした。

「次は、まずあんたの鼓膜を破ってから脳を切り刻んであげる」震えあがっているファンティーヌの目の前でメスをちらつかせた。

「落ち着いて……正気に戻って」ファンティーヌはあえぐ、失神しそうになりながら。

「娘をどこに監禁した？」フローラがくり返す。

「分かった、話すから……今から真実を話す」

「今から話すじゃない、さっさと言え！　キャリーはどこ？」

「ひつ……柩(ひつぎ)のなか」

「何て言った？」

「柩のなかにいる」ファンティーヌは絞りだすように言った。「ブルックリン区のグリーン＝ウッド墓地」

「嘘、そんなの嘘」

「キャリーは死んだのよ、フローラ」

「亡くなってからもう六か月になる。あなたがブラックウェル病院に収容されてもう六か月が経ってるの、あなたが事実を認めようとしなかったからじゃないの！」

「違う！」

3

フローラはファンティーヌの最後の言葉を後ずさりしながら受けとめる、そして腹に弾丸でも食らったかのようによろめいた。両手で耳を塞ぐ、あれほど熱烈に真実を欲していたのに、その続きを聞くことができなかった。

ファンティーヌをその場に見捨てたまま、一階まで階段を下りると外の闇のなかに出た。断崖のほうに数歩進んだ。夜は今、美しく澄み渡りまばゆいほど輝いていた。風が吹き荒れ、波が岩に叩きつけられる。あまりにも長く抑圧されてきた耐えがたいイメージの数々が、目の前でパチパチ音をたてて爆(は)ぜていた。

彼女の精神の防波堤すべてが崩れつつあった。最後の避難所さえも呑み込まれ、これまで洪水を逃れられる場所で何とか死守してきた領域の区画がひとつひとつ沈んでいった。津波はあらゆる物を手当たり次第に押し流し、六か月前から築いてきた心の堤防を粉砕し、彼女の脳が最悪の現実――わが子を自らの落ち度で死なせたこと――から身を守るための安全装置まで外してしまったのだ。

海に臨む切り立った断崖まで来たフローラは、頭のなかに次々と押しよせる恐怖に終止符を打つため自分が身を投げるだろうと理解した。三歳のわが子を殺してしまったら、どんな形であれ、もはや生きていくことなど不可能だ。

解放される数秒前、彼女の背後に琥珀色の光が出現した。そして光の輪のなかから、エレベーターボーイの制服を着たウサギ男が姿を現した。月光が深紅のジャケットの金モールと金ボタンを光らせる。男の歪んだ顔は、前回見たときよりもさらに恐ろしくなっていた。フローラは思った、この大きな前歯と毛の生えた垂れ下がった耳は、きっと幼いキャリーを怖がらせるだろうと。でも、七階から落ちていると感じていたとき、キャリーはもっと怖い思いをしていたに違いないと。

ウサギ男は勝ち誇ったような笑みを隠そうともしなかった。

「申しあげましたよね、あなたが何をなさろうが、物語の結末は絶対に変えられないのですと」

今回フローラは、返事をしようともしなかった。彼女は俯いた。なるべく早くすべてが終わってほしいと思った。一刻も早く。勝利に大満足のウサギ男はなおも責める。

「現実はあなたが不当に得たものを、必ず、吐き戻させるのです」

それから毛の生えた大きな手をフローラに差しのべ、足元に広がる深淵（しんえん）を顎で示した。

「いっしょに跳びましょうか？」

ほとんど安堵（あんど）のような気持ちでフローラは肯き、相手の手を握った。

昼の光に

愛しいキャリー。

二〇一〇年四月十二日、春のニューヨークによくある、気持ちの良い晴れた日の午後だった。いつもどおり徒歩で、わたしはあなたを迎えに幼稚園まで行った。

ベリー・ストリート三九六番地のランカスター・ビルの自宅に着くと、あなたはすぐスニーカーを脱いで、あなたの名付け親ファンティーヌが贈ってくれたお気に入りのふわふわした玉飾り（ポンポン）のついたピンクの室内履きに履き替えた。オーディオラックに向かうわたしについてきて、手を叩きながらレコードをかけてほしいと言った。あなたはわたしが洗濯機から洗濯物を出して広げるのをしばらく手伝ったあと、かくれんぼ遊びをしたいとせがんだ。

「ズルしちゃだめよ、ママ！」あなたは寝室までついてきて、わたしに注意した。

わたしはあなたの鼻にキスをした。それから目を両手で覆い、大きな声で、遅すぎぬよう早すぎぬように数えはじめた。

「一つ、二つ、三つ、四つ、五つ……」

あの午後の光が非現実的だったことを覚えている。わたしがとても愛した、二人がとても幸せだったアパートメントがオレンジ色の光に染まっていた。

「……六つ、七つ、八つ、九つ、十……」

寄せ木張りの床を歩くあなたの小さな足音をはっきり覚えている。あなたが居間をよこぎりながら、大きなガラスの間仕切りの向かいに置かれた〈イームズ〉のソファーにぶつかる音が聞こえた。アパートメント内は心地よかった。室内の暑さと聞こえてくるメロディーのせいで、いくらかぼんやりしたわたしの心は、あちこちにさまよっていた。

「……十一、十二、十三、十四、十五……」

この数年間ほど幸せだったことはなかった。わたしは、あなたと暮らすことを愛し、いっしょに遊ぶことを愛し、二人の共犯意識にも似た一体感を愛した。わたしたちが生きるこの黙示録的な時代、メディアは、環境保護や人口過多といった問題の緊急性から子どもを持たないという〝合理的な〟選択をするカップルの言い分をルポルタージュや記録としてくり返し流している。それはひとつの選択であり尊重もするけれど、わたしの意見とは違う。

「……十六、十七、十八、十九、二十」

わたしは目を開け、寝室から出た。

「気をつけて、気をつけて！　ママが行きますよ！」

わたしには、この地上であなたと分かち合った時ほど愛するものはなく、それらの瞬間を知ったという単純な事実が、ほかのすべてを許し、正当化してくれる。ほかのすべてに意味を与えてくれるのだ。

「キャリーはクッションの下にはいませんでした……。キャリーはソファーの後ろにもいませんでした……」

不意に、冷たい風が室内を吹き抜けた、隙間風のように。太陽の光を目で追うと、それは蜂蜜色の床板に当たっていた。大きなガラス壁の、一枚のガラス板が床と同じ高さまで傾き、空中に大きく口を開けていた。

腹が切り裂かれ、恐怖の塊が喉まで上がってきて、わたしは気を失った。

小説家フローラ・コンウェイさんの娘が七階から転落死

AP通信、二〇一〇年四月十三日

ウェールズ出身の作家フローラ・コンウェイさんの娘キャリー・コンウェイちゃん（三歳）が、昨日午後、ランカスター・ビルの七階から転落して死亡した。幼稚園から帰宅してまもなく、キャリーちゃんは母親と去る一月から住むブルックリン区にある同ビルの玄関前、ベリー・ストリートの歩道に転落した。重傷を負ったキャリーちゃんは、救急車で病院へ搬送中に車内で亡くなった。

事故後最初の調査によると、建物の清掃業者による作業のあと、たまたま開いたままになっていたアパートメントの窓から落ちたもよう。

「捜査の現段階においては、悲痛な事故死と思われる」最初に現場に駆けつけたマーク・ルテッリ刑事はそう述べた。

ショック状態にあるフローラ・コンウェイさんはルーズベルト島のブラックウェル病院に搬送された。キャリーちゃんの父親でバレエダンサーのロメオ・フィリッポ・ベルゴーミさんは事故の際、合衆国を離れていて不在だった。

★

フローラ・コンウェイさんの罪深き怠慢

ニューヨーク・ポスト紙、二〇一〇年四月十五日

キャリー・コンウェイちゃんの死亡時の状況が、本日、より明らかになった。（……）事故当日から捜査を指揮しているフランシス・リチャード警部補は、市保健局の係官が捜査の行政面を担当することになると述べた。この建物が自治体の都市計画法に適合しているかどうかを確認するための手続きが開始されている。ベリー・ストリートに位置する美麗な鉄骨造りのランカスター・ビルは、以前、玩具製造工場の倉庫として使われていた。高級集合住居として改修される前、ビルは三十年近くも買い手のいない物件として放置されていた。

アパートメントの分譲を行った不動産開発業者の事務所に対して今週火曜日、家宅捜索が行われた。押収された書類によれば、アパートメントの売買契約書調印およびコンウェイさんの入居手続きが、改修工事前、とりわけ窓の安全性が確保される以前になさ

れていたことが分かった。しかしながら、この売買取引自体は、コンウェイさんが売却側の免責証書に署名していたため、法に則って行われたものと解釈される。この書類では、コンウェイさんによる自己負担で、すべてのガラス張り開口部に手すりを設置するとの基準適応工事の実施が約束されていた。「監査の結果、コンウェイ氏は安全基準を満たすための工事を実施していないことが判明した」と、ニューヨーク市法務局長のレナッタ・クレイ氏は報道陣を前に行われた短時間の会見で述べた。したがって、不動産開発業者と清掃業者の責任はことごとく斥けられ、フローラ・コンウェイさんの不注意が娘キャリーちゃんの悲痛な死の直接的な原因とみなされることとなった。「しかしこの検証は、キャリー・コンウェイさんの死が事故によるという見解を覆すものではない」とクレイ氏は補足し、本件のいかなる関係者にも刑事訴追の可能性はないとした。

キャリーちゃんの葬儀はブルックリン区のグリーン＝ウッド墓地にて四月十六日金曜日にごく内輪の参列者のみで催されるとのこと。

11　時禱書（じとうしょ）

地獄に下りていく者のみが、愛する女性を救う。
セーレン・キルケゴール

三か月後。

二〇一一年一月十四日。

奇跡などまったく起きない、その正反対である。アルミーヌは窮地を脱するなり、慌ててニューヨークへの旅を早めた。クリスマス前後に出発する予定だったものが、万聖節の休暇初日（万聖節の休暇は諸聖人の日〔十一月一日〕を挟んだ二週間弱で、十一月二日が墓参をする死者の日。二〇一〇年の休暇初日は十月二十三日）に変更された。以来、息子についてはごく部分的にしか消息が得られていない。アルミーヌがゾエ・ドーモンについていったペンシルベニアのエコ集落というのは、Ｗｉ－Ｆｉがないことが自慢の地域にあり、電話通信も当てにならず、彼女がわたしからの電話の呼び出しに応じない格好の言い訳となった。

今日はテオの誕生日で、マンハッタンの病院に一時入院したが、中耳炎をくり返す右耳の鼓膜にシリコンのチューブを取り付ける簡単な手術のためだという。手術直前に安心させるため、わたしは息子とビデオ通話で数分間話すことができた。

通話を終えたわたしは、不動のまま焦点の合わない目つきで、息子の繊細な顔立ち、生きる喜びと発見する喜びに輝く目を、数分のあいだ思い浮かべていた。テオの天真爛漫さと好奇心旺盛な側面を、アルミーヌもまだ傷つけることはできていなかった。

朝から雪だった。悲しみとしつこい気管支炎のせいで頭がぼんやりしていたので、また寝ることにした。テオを奪われてからというもの、わたしは気力を失った。わたしの免疫系は、まさに笊も同然だった。流感、副鼻腔炎、咽頭炎、感染性胃腸炎と、何ひとつ免れることはなかった。わたしはやつれ、身体を丸めたまま、祝祭が続く年末年始をまるでトンネルをくぐるようにして過ごした。家族はもういなかったし、真の友人も、ひとりもいなかった。例の文芸エージェントにしても、友情に満ちた接触を保ってくれていたが、結局わたしは彼を罵り、手荒く追いはらってしまった。彼の同情心が欲しくなかったのだ。ほかの人はどうかというと、〝出版界の大家族〟は、わたしを野原の真ん中で置き去りにした。驚くこともがっかりすることもなかった。そんなことは昔から知っていたし、わたしは〝人間はそれぞれがひとりであり、全員が全員のことなど気にかけない、われわれの苦悩は無人島のようなものなのである〟と述べたアルベール・コーエンも読んでいた。わたしと距離を取った臆病な彼らは、まるで、蒸発するか砂に吸われるかして下流で消えてしまう川のようで、わたしは憐れみしか感じなかった。

午後五時ごろに目が覚めると、熱がひどく息が詰まりそうだった。昨晩から咳止めシロップを半リットルは飲んだろうし、解熱剤と抗生物質も服用していたが、相変わらず調子が悪かった。嫌々ながらもベッドの上で上半身を起こし、電話でタクシーを呼んだ。

これまで一度もかかりつけの医者がいたことがなかったので、テオが生まれたときから診てくれている小児科医のところへ行くことにした。昔流の診療をする優れた小児科医で、パリの十七区に医院を構えている。医師はわたしの本が好きで、げっそりしたわたしを見て、哀れに思ったに違いない。時間をかけて診察してくれたのち、すぐに胸部レントゲンを撮りに行くようにと言ってから、週明けの月曜にも知り合いの呼吸器専門医に診てもらうことをわたしに約束させ、彼からその医師に電話で予約を入れてくれたのだった。

勢いに乗ったわたしは、その足でパリ放射線医学研究所へと向かい、二時間後、わたしの憂慮すべき状態にある肺胞写真を手に、そこをあとにした。

考えがまとまらないまま、オッシュ大通りとフォブール゠サン゠トノレ通りの交差点の凍りついた歩道を数歩進んだ。気温はこの一日ずっと零下だった。日が暮れてからだいぶ経っており、わたしはこれほど寒い思いをした記憶がなかった。熱がぶり返し、ふらふらしてその場で凍りついてしまうのではないかと思った。救いようのないうっかり者のわたしは、スマートフォンを家に忘れてきてしまった。だから契約しているタクシー会社〈G7〉を呼ぶこともできない。ぼやけた視界のなかで流しの空車を探しはじめた。二分後、タクシーをもっとつかまえやすいと思われるテルヌ広場まで向かおうと決めた。霧がかかっていたわけではないが、降りつづく雪のせいで交通機関に支障が出ていた。パリではほんの少しの雪で充分なのだ、二センチですべてが停止してしまう。

百メートルほど歩いて右に曲がる、界隈を麻痺させている大渋滞を避けるためだった。わたしは、たまたま通りかかったダリュ通りという小路を知らなかった。だが引き返す気はさらさらなく、正面から吹きつける銀色の雪片に催眠術をかけられたように感じたわたしは、汚れた空の下に浮かぶ金色の明かりのほうに導かれていった。さらに数歩進むと、パリのど真ん中にロシア正教会の大聖堂が現れた。

パリ在住ロシア人社会の歴史的な信仰の場である聖アレクサンドル・ネフスキー大聖堂の存在は知っていたが、足を踏み入れたことはなかった。外観は、小振りながらビザンチン様式の至宝である。それぞれ金色の十字架と球形ドームを頂く五つの尖塔、白い切り石を紡錘形（ぼうすいけい）に積んだそれらが、彼岸の闇（ウートルノワール）のなか、天上の調和をもって浮き上がっていた。

大聖堂が磁石のようにわたしを惹きつける。何かがわたしを内部へと導く。見るべき物があるのか、希望だろうか、それとも暖がとれるだけのことか。

建物に入った瞬間、溶けた蠟と乳香、燻（いぶ）した没薬（ミルラ）の強烈な香りに魅了される。聖堂は縦横の長さが等しいギリシア十字の平面図の上に建てられ、各先端が小さな後陣となって塔を頂き、さらに横と縦の交差部分にも塔が建つ。

観光客と同じように、わたしもまず正教会に特有の装飾を観察する。数えきれない聖画（イコン）、人々を天に引き寄せるかのような中央ドームの求心力、だがそこには、質素さと金箔とが入り交じった定義しようのない雰囲気があった。埃（ほこり）を被っていると思われる壮大なシャンデリア、無数の炎が揺らめく蠟燭の森、光源の多さにもかかわらず、辺りは薄暗かった。ほぼ無人で、風が吹き抜ける。きつい松ヤニとペパーミントの香りが漂う、慈悲深き不動の幽霊船といったところか。

わたしは「ガラリヤ湖上で説教をする主イエス」と銘打った古風な絵に灯明を投げかける重々しい蠟燭台の前まで進んだ。薄明かりのなかだと内省に入りやすい。なぜここにいるのか自分でも分からなかったが、不意に自分の場所にいると感じた。とはいえ、これまでわたしは信仰を持ったことがなかった。長いあいだ、わたしが信じる唯一の神は、わたし自身だった。というか幾年ものあいだ、キーボードを前にして神になった気分でいた。もっと正確に言うなら、自分が信じていない神に対してわたしは、世界を――わたしの世界を――六日間ではなく、二十の小説で築こうと挑んでいたのだった。

そう、自分がデミウルゴス（プラトン哲学における創造神）だと思い込んだことが何度あったろう。他者に対しては、わたしは自分の成功にもかかわらず謙虚な小説家を演じた。ただし、執筆活動においては別だった。自分の最も古い記憶まで遡っても、わたしには自分の想像から生まれた人物たちを舞台に上げ、現実に反抗させ、罵倒を浴びせ、わたしの思うように世界を描き直すという傾向が見られた。

なぜなら、それが根本的に書くということだから、世界の秩序に挑むことだからだ。書くことによって、その不完全さと不条理とを払いのけるのである。

そうして神に挑むのだ。

だが今宵、この聖堂のなかで、熱のせいで震え、妄想に惑わされるわたしは困惑していた。丸天井の高さに押しつぶされるように感じた。もう少しで屈服してしまいそうだった。帰宅した放蕩息子のように、許しを得るためなら何でも差しだすところだった。テオを取りもどすためなら、わたしはどんな屈辱も受け入れ、あらゆる権利を放棄する覚悟もできていた。

突然、わたしはめまいのようなものを感じ、黒大理石の柱のひとつに寄りかかった。すべてが正気の沙汰ではなかった、熱に浮かされ錯乱を起こしていたのだ。胃酸が逆流する。わたしという存在がバラバラに崩壊する。酸素が足りない。悲しみで破壊された心臓は、ときに早鐘を打ち、ときに二回に一度しか鼓動しない。エネルギーのすべてが消え去ってしまった。わたしの身体は荒涼とした平原、雪に覆われた焼け野原だった。出口に向かって数歩進む。わたしはただ、この身体を投げ出して永遠の眠りにつくためのマットレスを夢見た。テオを失って以来、わたしの人生は止まったままだ。未来は長い氷のトンネルでしかなく、その出口が見えることは決してないだろう。結局のところ、マットレスも毛布さえも必要ないのだ。だれかがやってきて野犬を駆除するように注射してくれるのを待ちながら、どこでも構わない、そこら辺の地面で眠りたいだけだった。

出口の手前まで来たとき、わたしは見えない手に導かれてふり返り、後光が差すキリストの木像まで足を進めた。まるで別のだれかが声にしたかのように、わたしの口から大声で誓いと同時に挑戦でもある呼びかけが発せられた。

「もしわたしの息子を返してくれるなら、あなたに取って代わることはやめます。もしわたしの息子を返してくれるなら、書くことをやめます！」

静寂な聖堂内でわたしはひとりだった。無数の蠟燭やオイルランプのそばで、ふたたび温かさが血管のなかを巡りはじめたように感じた。

外では、雪はまだ降りつづけていた。

ニューヨークで七歳のフランス人少年がチケットなしで飛行機に搭乗！

ル・モンド紙、二〇一一年一月十六日

金曜日の夜、ニューヨークの病院に入院していた七歳の誕生日を迎えたばかりの少年が、母親とニューアーク空港職員の監視の目を逃れ、パリ行きの飛行機の搭乗に成功した。

こんなエピソードを、ロマン・オゾルスキ氏もあえて自分の小説のなかで披露しようと思ったことはないだろう。彼の最も熱心な読者ですら、ありえない話だと一蹴するはずだ。

ところが……。

金曜日の夕方、著名作家の息子で、現在は母親といっしょにペンシルベニアで暮らしている七歳のテオ君は、軽度の手術を受けるために入院中だったニューヨーク州（マンハッタンのアッパー・イーストサイド）、レノックス病院の係員の監視から逃れることにまず成功した。用意周到な少年は、看護師のスマートフォンを拝借して車を手配、運転手には、ニューアーク空港で両親と待ち合わせていると説明していた。

空港に着いたあと、少年は〈ニュー・スカイ・エアウェイズ〉のフライトに搭乗するまで、少なくとも四つの検問――パスポート審査、保安審査、ゲート式金属探知機、搭乗券確認――を次々に通過するという離れ業をやってのけた。

セキュリティの不備

監視カメラは少年の巧妙なテクニックをとらえている。週末の利用客で混雑するなか、少年は人混みに紛れ、適当な時間をおきながら大人数の家族をみつけては合流し、その一員であるかのように行動した。搭乗後は、客室乗務員による人数確認を二度ほど洗面所に隠れることで回避し、そのあと空席に着席、周囲の乗客を得意の手品で楽しませたという。客室乗務員が少年の秘密を察知したのは、飛行機が大西洋上空を飛行中の到着三時間前で、すでに後戻りは不可能となっていた。

二〇〇一年の九・一一同時多発テロ事件から十年を迎える今年、そして形式上は飛行機の利用客に対するより厳しい保安検査が継続されているとされるなか、非常にタイミングの悪い出来事と言うほかない。小説のようなこの事態に、ニューアーク空港の保安責任者パトリック・ローマー氏は遺憾の意を示し、「今回の件は不幸な偶然が重なった結果ではありますが、現行の保安体制がさらに改善されるべきことを示しているため、可及的速やかにわたしたちはそれに注力する所存です」と語った。オバマ政権の運輸長官レイ・ラフッド氏も、この事件を「非常に憂慮すべき」と表明したうえで、乗客の安全が損なわれることは決してなかったと言明する。〈ニュー・スカイ・エアウェイズ〉社は、搭乗確認をした係員をすでに休職扱いにしたことを発表したが、それ以前の検査についての管理責任は空港事務所にあると主張した。

小説よりも想像力に溢れた行動

シャルル・ド・ゴール空港に到着後、テオ・オゾルスキ君は航空・国境警察に保護されたのち、一時的に母方の祖父に預けられた。

テオ君は今回の行動の理由について、アメリカで母親と暮らすのが嫌になったからと説明。「ぼくは帰ってパパと暮らしたい、パリの学校に戻りたい」と警察官たちに何度もくり返したという。(……)

本紙記者の質問に対し、父親の作家ロマン・オゾルスキ氏は息子の行動に「感嘆した、誇りに思う」と述べ、「息子の勇気と堂々とした態度」を称賛し、このような愛の証しは今まで一度として聞いたことがないと語った。「ごく稀に、人生がフィクションよりも想像力に富んで見えることがある。そのような機会に巡り会うなら、それら一瞬一瞬が永遠にわたしたちの心に刻まれるのです」。(……)妻との数か月前から続く係争問題に関して、オゾルスキ氏は今回の一件によって、なおさら自分の名誉を挽回しなければならないと元気づけられた、息子の親権を完全かつ全面的に取りもどすため最後まで闘うつもりだと述べた。本紙は妻のアルミーヌ・オゾルスキさんにも連絡をとったが、意見は述べたくないとのことだった。

第三の鏡面

12　テオ

わたしたちの日々は、明日があって初めて美しいものとなる。

マルセル・パニョル

1

十一年後。

二〇二二年六月十八日、コルシカ島オート＝コルス県、バスティア空港。

「わたしをがっかりさせたことのない唯一の人間がきみなんだ、テオ」、「わたしの期待を超えた、ただひとりの人間なんだよ」

父が絶えずぼくに多大な愛情を示し、惜しむことなく感謝の気持ちを表してくれたことを認めなければいけない。この二つの言葉を、ぼくは子どものころから数えきれないほど聞かされてきた。父の言葉をそのまま受けとめるなら、妻も、編集者も、友人も、だれもがロマン・オゾルスキを失望させたことになる。ぼく自身は、ロマン・オゾルスキをいちばん落胆させたのは、ロマン・オゾルスキ本人に違いないと思っている。

「さあ、きみ、急がないと」父がバッグを手渡しながら急かす。「乗り遅れてしまうじゃないか!」

ぼくに話すときの父の口調は変わらない。いつでもぼくのことを「きみ」か「わたしのテオ」か「息子よ」と呼ぶ。六歳のころからそれは同じだった。ぼくはとても気に入っているが。

ぼくの医学部入学と同時にコルシカ島に移り住んだ父に、ぼくは会いに来ていた。カスタニシアの森で、いっしょに快適な数日を過ごし、その間、父は元気を装おうとしていた。でも父にとって苦しい時期であることは、ぼくにもよく分かった。五月にラブラドールの愛犬サンディーを亡くしていたし、羊の群れとクリの木林に囲まれひどく憂鬱になっていた。歳月を経るにつれてぼくも分かったことなのだが、父は孤独が嫌いな世捨て人なのだ。

「着いたら電話するんだ、いいね?」ぼくの肩に手を置きながら父は言った。

「でも、電波が届かないんだよな、父さんの家は」

「そうだけど電話するんだ、テオ」父は言い張った。

父はサングラスを外す。目尻に皺を寄せ、疲れた目が光った。

それから、ぼくにウインクをしながら言った。

「それと息子よ、わたしのことは心配するんじゃないぞ」

片手でぼくの髪の毛をくしゃくしゃにかき乱す。父の頬にキスして、バッグを肩にかけるとグランドスタッフの女性に搭乗券を渡した。ぼくが搭乗ゲートに消える前、父と目でさよならを交わした。以心伝心、父とはいつもそうだった。でもそれは、かつていっしょに闘ってきた時期の、いまだに癒やされない苦悩の名残でもあった。

2

搭乗口に着くと、ぼくは孤独を感じた。ほんとうにひとりなんだと。突然そうなってしまう、父と離れるときはいつも。白い影の軍団に囲まれて途方に暮れてしまい、ついに涙ぐんでしまうことさえあった。

慰めのきっかけとなるだれか〝ひとり〟を探して、辺りを見回した。父の本を読んでいるだれかひとりを。時の経過とともに、そういう機会も少なくなっていた。だが子どものころ、ほんとうに父の本はどこにでもあった。図書館、空港、地下鉄、病院の待合室。フランス、ドイツ、イタリア、韓国。若者、高齢者、女性、男性、定期便のパイロット、看護師、スーパーのレジ係、だれもがオゾルスキを読んでいた。ぼくは世間知らずだった。ずっとそういう状況しか知らずにいたため、数百万もの人々が父の想像から生まれた物語を読むことが当たり前だと思っていて、その状況が途方もない性質のものだったと理解するには何年もかかった。

運よく、その六月十八日の土曜日、バスティア＝ポレッタ空港ではＡＴＭの脇の床にべったり座った若い女性――大きなバックパックにドレッドヘア、サルエルパンツという格好で、ジャンベ（西アフリカの太鼓）まで抱えたバックパッカーのようだ――が、表紙のすり切れた古いペーパーバック版の『消えた男』を夢中になって読んでいた。父の小説のなかでも好きな一冊だった。ぼくが生まれた翌年の作品で、そのころの父は〝フランス人が最も好きな作家〟だった。父の作品を読んでいる人を見るたびに、ぼくはいくらか感動を覚える。父はもうだいぶ前からそれで感動することはなくなったと言っていたが、ぼくはそれが真実でないことを知っている。

父ロマン・オゾルスキはベストセラー小説を十九作刊行した。デビュー作『使者たち』を書いたのは二十一歳のときで、当時やはり父も医学部の学生だった。最後の作品を出したのが二〇一〇年の春で、ぼくは六歳だった。父の名前を〈ウィキペディア〉で検索すれば分かるが、オゾルスキの本は四十以上の言語に翻訳され、三千五百万部も売れた。

その創造的な高揚は、母が父と別れ、ぼくを連れてアメリカに移り住むと決めた二〇一〇年冬に、突如として終止符が打たれた。その日以来、父は筆をおき、パソコンを閉じ、自分の小説を憎悪しはじめた。言い分を聞くと、それらの作品が、結婚生活の破綻と、その後の痛ましい結果に部分的な責任があるというのだ。父はいつもその話題を外在的なものとして話した。うちの家族を攻撃し、略奪するために侵入してきた潜在的な敵の仕業として。

書くことから父が遠ざかったほんとうの理由が、ぼくにはずっと分からなかった。「生きるか書くか、選ばなければならない」と、ぼくがその話をするたびに父はくり返した。子どもだったぼくは、それらすべての悲しみをまるで推し量ることができなかった。自分本位ではあるけれど、父が家にいてくれるのが嬉しかった、毎日学校に迎えに来てくれるのが嬉しかった。父はぼくのために無限の時間を費やしてくれた。月に二回、パルク・デ・プランスでのサッカー観戦、毎週水曜の映画鑑賞、学校が休みになるたびに出かけたバカンス、何時間もやった卓球大会、二人で延々と遊んだゲームの数々、〈FIFAシリーズ〉、〈ギターヒーロー〉、〈アサシン クリード〉……。

アナウンスが搭乗開始を告げる。乗客の群れが、まるで機内に自分の席がないかのように二人のグランドスタッフに向かって殺到するのをただ見ていた。漠然とした寂しさが不安に変わった。父があの深刻な無気力さのなかで老いていくことに心が痛んだ。ぼくは、いずれまた運命の輪が回ってくれるものと信じていた。父が生きる喜びをみつけ、新しい愛が彼をまた輝かせてくれるのではないかと。ところが、そうはならなかった。反対に、ぼくがボルドーの大学に行くためパリを離れた際、父はここコルシカに移り住むことに決め、それから落ちこむことが多くなっていた。

わたしをがっかりさせたことのない唯一の人間がきみなんだ、テオ。

その言葉が頭のなかに響き、ぼくはそんな褒め言葉に値するような大したことなどしていないと呟（つぶや）く。

悪い予感に襲われ、ぼくはグランドスタッフの注意を無視して搭乗ゲートから後戻りした。父は五十七歳、老人ではなかった。心配するなと言われたけれど、ぼくは不安を拭えなかった。小さいころのぼくを、父は「奇術師」あるいは「脱出王フーディーニ」と呼んだ。なぜなら、小学校での最初の発表に、ハンガリー出身のこの奇術師を採りあげたからであり、往々にしてひとりしかいない観客である父を前に、手品の技を磨くことに多くの時間を費やしていたからであり、アメリカで最も厳しいとされるニューアーク空港の監視システムをものともせず、パリの父の元に帰ってきたからだ。だが、そんな時代は過ぎ去った。ぼくはもう奇術師ではなくなっていたし、父が意気消沈（デプレッション）の流砂に沈んでしまうのを阻むことすらできないのだ。

ぼくはロビーをよこぎり、駐車場に駆けつけた。空気は乾燥し、八月並みの暑さだった。遠くに背の高い父の姿をみつけた。立ったまま、背中を丸め、車のそばでじっとしていた。

「父さん！」ぼくは父に向かって走りながら叫んだ。

父はゆっくりこちらにふり返り、片手を挙げて笑顔を見せようとした。

そして、目に見えない矢で心臓を射貫かれたかのように、その場にくずおれた。

作家ロマン・オゾルスキさんが心筋梗塞で入院

コルス・マタン紙、二〇二二年六月二十日

六月十八日、土曜日、小説家のロマン・オゾルスキさんが心筋梗塞のためバスティア中央病院に搬送された。氏は、息子を見送りに来ていたポレッタ国際空港の駐車場で強いめまいを覚えて倒れた。

幸運にも、別の緊急出動で現場に居合わせていた救急隊員が心臓マッサージを行い、自動体外式除細動器(AED)を使って緊急医療救助隊(SAMU)の到着を待った。

入院後、医療チームは冠動脈に重大な損傷を発見したため、ただちに手術を実施。「午後四時に手術を開始、午後八時までかかりました」と、医師のクレール・ジウリアーニ教授は述べた。冠動脈の三か所にバイパス移植手術が行われたもよう。「覚醒後のオゾルスキさんは安定した容態にあります。さしあたり、生命の危険はなくなったものと思われます」とジウリアーニ教授は話すが、神経麻痺など後遺症については予断を許さないとのこと。さらに「若いころ、わたしはオゾルスキさんの本をたくさん読みました」と明かした教授は、全快の見通しが立った時点で、作家に著書へのサインを頼むつもりだという。

以前は多作で知られた作家だが、十二年前から発表された小説はない。オゾルスキさんの元妻は、二〇一四年にイタリアの不法占拠建物（スクワット）内にてオーバードーズで死亡したイギリス人ファッションモデルのアルミーヌ・アレキサンダーさん。二人のあいだには一人息子のテオ・オゾルスキさんがいる。病室にはその息子さんが付き添っている。

13 父の栄光

わたしは自分自身であることにうんざりした。人々が三十年前からわたしに背負わせた、それで決まりだと言わんばかりのロマン・ガリのイメージに飽き飽きしたのだ。

ロマン・ガリ

1

二日後。

パリ。

ドアを押すと軋むことなく開いた。このアパルトマンには十二年前から足を踏み入れていない。ほんとうに久しぶりだった。

父はぼくに嘘をついていた。ぼくの子ども時代、いつも父はここを仕事場にして通っていたのだが、もう売却したということでずっと通してきた。たんに売らずに取っておおいたばかりでなく、仕事場は——オレンジの花と乾燥ライムの香りさえする——まったく打ち捨てられた状態ではなかった。ここはパンテオン広場に臨む、壁の一部がマンサード屋根になった二部屋からなり、ぼくが生まれる前には父と母が住んでいた。その後、昔のメイド部屋を三つ合わせて改修したその住居を、さらにアトリエに改造し、父は二〇一〇年初頭まで執筆のため毎日ここに通っていた。

「テオ、ひとつ頼みがある……」病院で、麻酔から醒めた父が最初に発した言葉だ。「パンテオンの仕事場に行って、ある物を持ってきてもらいたいんだ」と。

父の説明どおりぼくに鍵を渡してくれた建物の管理人は、十年前からオゾルスキさんは見ていないけれど、三週間おきに掃除をしに来る人間がいると明かした。

ぼくは大窓の電動カーテンを開けた。室内は、ぼくの記憶そのままだった。美しいオーク材の寄せ木張りオイル仕上げの床、ミニマリズムの室内装飾——〈バルセロナチェア〉、革張りのカウチ、石化木材のローテーブル、蠟引きしたクルミ材の仕事机——、そして父が、ぼく以外のすべてに興味を失ってしまう前に愛していた美術品が何点か——ストリートアーティスト〝インベーダー〟の小さなモザイク作品、クロード・ラランヌの彫刻「リンゴ＝口（ポム・ブーシュ）」、大笑いしているウサギ男を描いた怖じ気を震うショーン・ローレンツ（ミュッソ『パリのアパルトマン』に登場する画家）の油絵——この絵のせいで、ぼくは子どものころ悪夢を見たのだった。

書架には父の気に入っていた作家たち、ジョルジュ・シムノン、ジャン・ジオノ、パット・コンロイ、ジョン・アーヴィング、ロベルト・ボラーニョ、フローラ・コンウェイ、ロマン・ガリ、フランソワ・メルラン（映画「おかしなおかしな大冒険」でジャン＝ポール・ベルモンドが演じた小説家）の本。写真立てには、家族三人で猿の入江（ベ・デ・サンジュ）で撮った一枚。ぼくは父に肩車され、横を母が歩いている。母は美しく、父に夢中だったように見える。砂と塩、太陽の反射光が髪をキラキラさせている。幸せそうだ。ぼくは父がこの写真をとっておいたことを嬉しく思った。両親のあいだに美しく強い何かが一時期存在したことの証しなのだから、その後に起こったことはともかくとして。そしてぼくは、その何かの果実なのだ。

父の誕生日にぼくが描いたデッサンの横には、例の二〇一一年一月十六日付、ル・モンド紙の〝ニューヨークで七歳のフランス人少年がチケットなしで飛行機に搭乗！〟という見出しの記事が額縁入りで飾ってあった。

紙面の中央に配された少し色褪（いろあ）せた写真を見る。二人の警官に挟まれたぼくは、勝利のＶサインをしている。喜びいっぱいの表情から覗く乳歯には隙間が見える。円いカラーフレームのメガネをかけ、赤いパーカを着て、ジーンズのベルトには〈グレンダイザー〉のキーホルダーを提げている！

ぼくの人生における栄光の瞬間だった。当時、この画像は〈ＣＮＮ〉でくり返し流され、主要なテレビニュースのトップを飾った。オバマ政権の閣僚がひとり辞任するところだった。これを機に母は譲歩して、ぼくがパリで学校に通い、父の元で暮らすことを認めたのだった。ぼくは父の汚名を雪ぐと同時に名誉をも回復し、おまけに、父の著書十九冊に肯定的な記事を決して書かなかったあの新聞に、オゾルスキの名を第一面に掲載させることに成功すらしたのだ。この記事の締めくくりの一文を忘れもしないが、思いだすたびに悲しくなり、良い気分にもなった。

本紙記者の質問に対し、父親の作家ロマン・オゾルスキ氏は息子の行動に「感嘆した、誇りに思う」と述べ、「息子の勇気と堂々とした態度」を称賛し、このような愛の証しは今まで一度として聞いたことがないと語った。

人生が始まるか始まらないかというあの時期、ぼくは、心と知能を総動員することで現実を願望に沿うよう修正できる驚異の奇術師だった。現実を屈服させ、不可能を可能にしたのだ。

太陽が床板を光らせている。土曜日か水曜の午後、カディジャがぼくの面倒を見られないときはここに来ていた。ぼくを遊ばせるために、父はテーブル・サッカーとアーケードゲームを買ってくれた。それらが今でも映画「おかしなおかしな大冒険」のポスターが貼られたアトリエの隅、父のレコード盤コレクションのそばに置かれていた。

「テオ、仕事場から二つの物を持ってきてほしい。まず、机の上の抽斗(ひきだし)に入っている黒いファイルホルダーだ」

「開けていいの？」

「好きにしたらいい」

　ぼくは父が書くときに座っていた淡色の革張り回転椅子に腰掛けた。目の前の机上には、テラコッタの大きな鉢に入った、出版社から贈られたものだが決して使われることのない高級万年筆の数々があった。抽斗のなかに、例のファイルがあった。ゴムバンドを外して中身を確認する。分厚いＡ４判の紙束に文章が印刷され、ページ番号も振られていた。章の構成、ページの組み方、疑いの余地はない、ぼくはロマン・オゾルスキの未発表原稿を手にしていたのだ！　いずれにせよ、原稿の余白には父の細かくて荒っぽい筆跡で書き込みと修正が加えられていた。

　出力原稿に書名はなかったが、テキストは明らかに異なる二部で構成されていた。第一部が〝迷宮(ラビリンス)にいる少女〟で、それよりも長い第二部が、小説(ロマン)（roman）と父の名ロマン（Romain）を組み合わせた〝Roma(i)n(ロマン)の登場人物〟と記されている。初め、ぼくはあとで読むことにしようと決めたが、ページをめくると馴染みのある名前が目に飛び込んできた、まずはぼくの名前が！　そして、同じく父の、母の、ジャスパー・ヴァン・ワイクの名が。だが奇妙だった。父が日記を書いたりオートフィクション（自伝的虚構。文学批評家のセルジュ・ドゥブロフスキーが生みだした術語）を書いたりしたことは一度もなかったからだ。波瀾万丈と現実逃避を称揚する父の小説は、ナルシシズムや自己の詳細な分析とは相反するもののはずだ。もうひとつ、ぼくの興味を惹いた点は物語が展開する日付だった。二〇一〇年末のあの困難だった時期、ぼくらは全員ひどく不幸だった。あまりに誘惑が強すぎた。ぼくは原稿を手にすると、カウチに落ち着いてそれを読みはじめた。

2

最後のページを読んだ一時間半後、ぼくは目に涙を浮かべ、手を震わせていた。読みながら感動もしたし、恐ろしくも感じた。ぼくは当時の辛い状況を正確に憶えているが、同じ時期、父が耐えなければならなかった苦しみを、まったく推し量ろうとはしなかった。母がどれほど狡猾（こうかつ）に振る舞うことができたのかも理解していなかった。あの事件から後の数年間、父にはぼくの前で決して母を批判しないだけの分別があったし、逆に何かと情状酌量の余地があると母を庇（かば）うのだった。父がなぜ書くことをやめたのか、その理由も分かった。あの雪の晩、正教会の大聖堂のなかで交わした誓いのせいだったのだ。そのすべてに、ぼくは動転し、何という損失かと思った。

一方で、ぼくを戸惑わせることがあった。それは作家のフローラ・コンウェイが登場することだ。何年か前、父はぼくに彼女の本を薦めたことがある。だが、ぼくが知るかぎり、二人は親密ではなかったし、彼女の小さな娘がニューヨークの自宅建物から転落して亡くなった話を聞かされたこともなかった。

スマートフォンを取りだし〈ウィキペディア〉で調べてみる。原稿で読んだとおり、フローラの記事には、少数だが熱狂的な読者から崇拝されている謎めいた小説家で、カフカ賞を受賞しているとあった。絶えず出版界と距離をおいて暮らし、すでに何年も前から新作は発表していない。彼女の写真は、ヴェロニカ・レイクを思わせる少しピントのぼやけた魅惑的な一枚しかないと。〈ファンティーヌ・ド・ヴィラット出版社〉のサイトでも、それ以上の情報はみつからなかった。

考えがまとまらないまま、水を飲むため立ちあがる。父がこの原稿を決して刊行しようと思わなかったことは理解できた。うちの家族を引き裂いた問題と、創造の苦しみと、作家の人生のあまりにも私的な側面を扱っていたからだ。だがその話に、フローラ・コンウェイがどう関係してくるのか？　なぜ父は架空の小説家ではなく、実在の小説家を登場させたのか？

「父さん、ぼくが持って帰らなければいけない二つ目の物は何？」

「大型のノート三冊だよ」

「それも抽斗のなか？」

「いや、コンロの上にあるレンジフードの排気管に隠してあるんだ」

必要になると思い、あらかじめ管理人から工具箱を借りておいた。十分ほど色々なサイズのドライバーで奮闘した挙げ句、何とかレンジフードのカバーを外すことができた。ステンレス製の排気管に腕を滑りこませると、父が言っていたノートに手が触れる。思っていた以上の大きさだった。革表紙のついたドイツの文具ブランド〈ロイヒトトゥルム〉製の大判ノート。ページ番号が振られた三百ページのノートが複数綴(と)じられ、各ページの裏表、余白部分まで、見間違えようのないロマン・オゾルスキの筆跡でびっしりと埋まっていた。

これらも未発表の作品だろうか？　その可能性は少ない、というのもすべて英語で書かれていたからだ。各ノートにはタイトルがつけられている、『迷宮にいる少女(ザ・ガール・イン・ザ・ラビリンス)』、『ナッシュ均衡(ザ・ナッシュ・エクイリブリアム)』、『感覚の終わり(ジ・エンド・オブ・フィーリングズ)』。すべてが明白であるにもかかわらず、ぼくにはそれらが意味するところをすぐに理解できなかった。各ノートの書き出しを読み、さらにあちこちを拾い読みした。筆跡は父だが、文体も小説の種類も彼のものではなかった。物思いに耽りながら、ぼくは革表紙のノートと先ほどの原稿をバックパックに入れた。

仕事場を去る前に、レンジフードのカバーを元に戻し、脇を通りすぎながら書架に最後の一瞥(いちべつ)を向けた。すべてが明らかになったのは、その瞬間だった。革表紙のノートに記された三つの書名は、フローラ・コンウェイの小説の書名と同じだったのだ！　驚いたぼくはノートを引っぱり出すと長い時間をかけてそれらを読み較べた。英語からフランス語に翻訳されたことによる多少のニュアンスの違いはあっても、厳密に同一作品だった。

　説明を求めるため父に電話をしたが、留守番電話になっていた。さらに二度試みたが、無駄だった。驚愕は去らない。ロマン・オゾルスキはなぜ、自筆による、しかしフローラ・コンウェイの名で刊行された作品の原稿を隠していたのか？　それへの回答はいくつもない。ぼくには二つしかみつからなかった。父はフローラ・コンウェイのゴーストライターだった。

　あるいは、父がフローラ・コンウェイだった。

3

　ぼくはプラス・モンジュ駅でメトロに乗った。車内でコンウェイの小説のひとつを調べ、出版元の住所をみつけた。プラス・ディタリー駅で六号線に乗り換えラスパイユ駅まで行く。

　〈ファンティーヌ・ド・ヴィラット出版社〉は三階建ての小さな建物で、カンパーニュ＝

プルミエ通り十三－二番地の中庭にあり、その通りは映画「勝手にしやがれ」の最後で、警官に撃たれたジャン＝ポール・ベルモンドがジーン・セバーグの目の前で死ぬ場面の舞台になったことで知られる。

中庭は人を夢想に誘う。石畳の中央にツタが這う噴水池があり、美しい石造りのベンチのあいだにシダと西洋サンザシが植わるなか、点々と動物の彫刻が置かれていた。

自分でも何を期待しているのかよく分からないまま、ぼくは玄関ドアを押した。出版社の本陣は芸術家のアトリエのようで、驚くほど高い天井の下、ガラス張りの中二階が玄関ホールの上に突き出ていた。こちらに向けられた眼差しから、ぼくは自分とほとんど歳の変わらない受付の女性が、スノッブな人間を見分ける際のチェックマーク、なかでも〝上流ぶった〟と〝もったいぶった〟と〝人を見下す〟の項目を充たしていると感じた。

「こんにちは、ファンティーヌ・ド・ヴィラットさんにお会いしたいのですが」

「アポイントなしなら、無理です」

「それならアポイントを取ってください」

「どういったご用件でしょう？」

「ある原稿について、話がしたいと思いまして……」

「原稿でしたらメールか郵便で受けつけます」

「ここに持ってきてるんです」

「弊社では、新人の作品をほとんど出版しておりませんので……」

「この原稿、ド・ヴィラットさんはきっと興味を持つはずです」

ぼくはバックパックを開き、父が執筆した分厚いノートを見せた。

「では、お預かりしましょう。わたしから渡しておきます」

「ぼくはただ見せたいだけで、これを渡すことはできないんです。お願いします」

「では、お引き取り願います！　ドアはちゃんと閉めて出てくださいね」

フラストレーション。疲労。無力感。憤り。それらはぼくの内なる敵だ。そうした敵に自分を支配させないために封じ込めておく必要があるが、同時に、熾火のように激しい熱を保ちつづけなければならない。なぜなら、それらは往々にして状況を打開するための手段となりえるからだ。ときに良い結果、ときに悪い結果をもたらすこともあるが、生きる上ではリスクを冒す必要がある……。

ぼくは俯いた。降伏するためではなく、相手のデスクを観察するために。ノートパソコン、乱雑に積まれた書類、〈エアポッズ〉の最新モデル、メトロの切符が一枚、空のタッパーウェア、インスタグラムに接続中のスマートフォン、〈ジベール・ジューヌ〉書店の黄色い古本ラベルが貼られたジャン・エシュノーズの著作、その上に置かれたコーヒーカップ、イースター島のモアイ像に似たかなり大きな石の文鎮もあった。ぼくはなかった。

それは〝可能なかぎり驚きの効果を長びかせるべし〟というマジシャンの掟のひとつである。そして今回、ぼくのただひとりの観客は何が起こったのかまったく分かっていなかった。

その文鎮をつかみ、ガラス張りの中二階めがけて、ありったけの力で投げつけた。

ガラス仕切りのひとつが大音響とともに砕け散り、お高くとまった女性に悲鳴をあげさせた。今は尊大さを失い、たんに彼女は恐れおののいていた。しばらくのあいだ静寂が続き、そして数人が玄関ホールに飛んできて、ぼくをみつめた。

そのひとりがファンティーヌ・ド・ヴィラットだった。メトロに乗っているあいだ、インターネットで写真を探しておいたが、それがなくとも、ぼくには彼女のことが分かったと思う。父の小説のなかの彼女よりも歳をとっていたが、シルエットは同じで、その控えめなオーラはフローラ・コンウェイをときに魅惑し、ときに苛立たせたものだ。

近づいてきたのは彼女のほうだった。ゆっくりと。危険を感じていたに違いないが、ファンティーヌは、割れたガラスのことなど遠い過去の出来事のように感じている、とぼくは思った。まるで彼女は、消さねばならないもっと深刻な火事のことを本能的に知っているかのようだった。

「あなたには説明する義務があると思います」受付カウンターに置いたノートを手に取って差しだし、ぼくは言った。

ファンティーヌは諦めたようすでそれをつかむ、ノートに何が書いてあるか知っているかのようだ。部下たちに言葉や仕草で指示を出すこともなく、彼女は中庭に出ると、噴水そばのベンチに座った。心を奪われ、放心したようすで、水の囁きだけが反響するなか、ファンティーヌは大判のノートを長い時間めくっていた。彼女は、ぼくが近づきそばに座るのを待って、原稿から目を上げるとぼくに打ち明けた。

「もう二十年近くになるけれど、わたしは毎朝、この日がやってこないでほしいと心から祈っていました」

ぼくは肯き、さも理解しているかのように装いながら、より詳しく知ろうとした。ファンティーヌは、ぼくのことをじっとみつめつづけた。何かが彼女を動揺させている、ぼくの顔つき、それとも目つきだろうか。

「この原稿をご自分で書いたにしては、明らかにあなたは若すぎますね」彼女は確かめた。

「おっしゃるとおり、これを書いたのはぼくの父です」

彼女は立ちあがると、ノートを強く抱きしめた。

「あなた、フレデリック・アンデルセンの息子さん？」

「いえ、ぼくはロマン・オゾルスキの息子です」

ファンティーヌはよろめき、後ずさりした、まるでぼくが彼女の腹にナイフを突き刺したかのように。

「そんな、ロ……ロマンの？」

彼女の顔は引きつっていた。彼女が予想もしていなかったことを、ぼくは明かしたようだった。そして、こんどはぼくが脅かされる番だった。

「ということは、あなたは……テオね」

ぼくは肯いて「そうです」と答え、聞いた。

「ぼくを知ってるんですか？」

小説家には気をつけろと言った父は正しかった。彼らは、もはや書いていないときでさえ、あらかじめ道に小石を落としたり、種を蒔いたりしておいて、何年も経ったのち、人がまったく思ってもみないときを狙って、われわれの人生を一変させるような状況を生みだそうと企てているのだ。

ファンティーヌ・ド・ヴィラットも、ぼくに答える直前、同じことを思っていたのかもしれない。

「ええ、テオ、わたしはあなたを知っています。あなたのお父さんが、わたしと別れたのはあなたのためだった」

〈ファンティーヌ・ド・ヴィラット出版社〉が創業十五周年を祝う

ジュルナル・デュ・ディマンシュ紙、二〇一九年四月七日

出版社の創業記念日を機に、マスコミにほぼ登場することのないファンティーヌ・ド・ヴィラット氏を訪ねた。

ド・ヴィラット氏が記者を迎えたのは、モンパルナスのカンパーニュ＝プルミエ通り十三－二番地の、魅力溢れる小さな中庭の奥に佇む社屋の一室だった。創業者にとっては、自分の名を冠した出版社の、十五年の歴史をふり返る機会でもある。

控えめな出版人

冒頭から、インタビューの方向性が示されたようだ。「わたしは自分のことではなく、わたしが出版する本について話すつもりです」と、社主のド・ヴィラット氏はブラントカットにしたブロンドの髪を耳の後ろに撫でつけながら告げた。エレガントな四十代、春の訪れに合わせるように、洗いざらしのジーンズ、丸襟の濃紺半袖シャツ、ウエストを絞ったツイードのベストという装いだ。

ド・ヴィラット氏が自身のことを話したくないと言う一方で、同業者の多くが彼女の好奇心、嗅覚、勘の良さを惜しみなく称賛している。「彼女はすばらしい読者ですが、本を売ることも好きで、出版業務の営業面を率先して引き受けることを厭わないのです」と、競合出版社の編集者は語る。ド・ヴィラット氏は十五年かけて自身のイメージに沿う出版目録を築いた。四人の社員という小さな組織の長として、毎年十冊に満たない小説を刊行している。

朝、まだ日が昇っていない時刻に社の扉を開けるのはド・ヴィラット氏だ。二時間かけて、郵便もしくはメールで届けられた原稿に目を通す。夜、最後にオフィスを出るのも彼女。社の独自性は二本の柱に支えられているという。新しい才能を掘り起こすこと、忘れられている原稿を再発見することだ。例えば、ルーマニア人女性作家マリア・ジョルジェスクの『聖域』(二〇〇七年度メディシス賞・外国小説部門受賞)、そしてハンガリー人作家ティボール・ミクロシュの非常に詩的な作品『燻製ニシンの力学』などは一九五三年に書かれたものだが、半世紀ものあいだ抽斗のなかにしまわれていたという。ド・ヴィラット氏の文学への情熱は少女時代からのものだ。夏のバカンスをフランス南西部サルラの祖母の家で過ごしていた少女は、チェーホフやベケット、ジュリアン・グラックを愛読するようになった。

華やかなデビュー

　優等生ド・ヴィラットは、二年間の高等師範学校受験クラスをペリグーのベルトラン＝ド＝ボルン校にて修了したあとニューヨークにて学業を続けながら、〈ピカドール〉社や〈リトル・ブラウン・アンド・カンパニー〉といった名高い出版社で研修の機会を得た。二〇〇一年、フランスに帰国、〈ファヤール〉出版社にて研修の後、〈リコルヌ出版〉の編集助手となる。

　二十七歳のとき有り金をはたいて自身の出版社を創業、二十年ローンも組んだという。それに先立つこと数か月、ある出会いがあり、ド・ヴィラット氏の人生に一大変化が起きた。ほぼ同世代でウェールズ出身の異彩を放つ女性、ニューヨークのバーでウェイトレスとして働きながら余暇に執筆をしていたフローラ・コンウェイ氏との出会いがそれである。ド・ヴィラット氏はコンウェイ氏の小説第一作に文字どおり恋してしまった。この作品のためなら息が尽きるまで闘うとコンウェイ氏に誓った。そして、その約束は守られる。二〇〇四年十月、フランクフルト・ブックフェアにて『迷宮（ラビリンス）にいる少女』の翻訳出版権は、二十か国以上が争うように買いとったという。フローラ・コンウェイ氏の栄光の作家人生が始まり、出版人とその会社にとっては華やかなデビューとなった。

ファンティーヌ・ド・ヴィラット氏の謎

自社にて刊行する小説について語るときのド・ヴィラット氏は、いつも昂揚と熱気に溢れている。「その情熱はやや誇張されている」と、ある同業者は漏らす。「英語で執筆し、すでに十年以上も新作を発表していないフローラ・コンウェイを除けば（ド・ヴィラット出版社の出版目録は）雨の日のトレドのようにつまらない」と。かつて同社で本を出したことのある作家たちのなかでも批判はあり、「彼女の演技はすごいの。特異な才能がある、わたしのために何でもすると言われてその気になって、でも本にマスコミが反応しなくて、読者も獲得できなかったら躊躇なしに見放されてしまう」と、ある小説家の女性は証言する。元社員だという女性も「あの過剰な謙虚さはかよわさに見えるけれど、彼女は容赦ない戦士です。ファンティーヌは謎なんです。だれひとり彼女の家族との生活とか、仕事以外の時間をどう過ごしているのかを知らない。とは言っても、彼女には出版なしの人生などありえない。あの出版社は彼女そのものなんですね」と語る。

そう言われても、当の本人は反論すらしない。「出版は厳しいけれど、人を夢中にさせる仕事です、職人的技能や多方面の能力が発揮される活動であり、わたし自身が実務処理をすることなどしょっちゅうなのです。自動車整備工であり、同時にオーケストラの指揮者、あるときは写本をする修道女、またあるときは御用聞きにもなります」と。

一冊の本がまだ人生を変えられるのでしょうかとの問いに、ド・ヴィラット氏は「いずれにせよ、一冊の本がひとりの人生を変えることはありえます」と応じ、自分はそのためにこの仕事をやっているし、その上で唯一の羅針盤となるのは、自分が読者として読みたい本を出版したいという思いなのですと答えた。「これまで何年もかけて出版してきた本の一冊一冊が、グレーテルが遠い道のりの途中に撒いた小石であるような気がします」と彼女は言う。「どのような道のりですか？」わたしたちは辞去する前に質問してみた。「何かに、あるいはだれかにたどり着くための遠い道のりです」と、ド・ヴィラット氏の答えは謎めいていた。

ファンティーヌ・ド・ヴィラット氏を知るための六つの日付

——一九七七年七月十二日　ドルドーニュ県ベルジュラックにて出生。

——一九九五－一九九七年　高等師範学校受験クラス在籍。

——二〇〇〇－二〇〇一年　米国〈ピカドール〉社および〈リトル・ブラウン・アンド・カンパニー〉にて研修。

——二〇〇四年　〈ファンティーヌ・ド・ヴィラット出版社〉を設立。『迷宮にいる少女』の刊行。

――二〇〇七年　マリア・ジョルジェスクの『聖域』がメディシス賞・外国小説部門を受賞。

――二〇〇九年　フローラ・コンウェイの全作品に対してフランツ・カフカ賞が授与される。

14　わたしたちにつきまとう愛

愛につきまとわれると、ときにうんざりさせられるが、
それでも愛は愛なので感謝することは忘れない。
ウィリアム・シェイクスピア

ファンティーヌ

わたしの名はファンティーヌ・ド・ヴィラット。

二〇〇二年、二十五歳だったわたしは小説家ロマン・オゾルスキと恋愛関係になりました。めまぐるしい、秘密の九か月。オゾルスキは結婚していて、わたしはその状況に居心地の悪さを感じていました。とはいえ、幸福で調和のとれた九か月でもあったのです。わたしとの時を過ごすため、ロマンは外国から自著の販売促進の提案があるとすべてを受け入れました。あの数か月ほど旅行をしたことは以降もありません。マドリード、

ロンドン、クラクフ、ソウル、台北、香港へと。

「きみのお陰で、初めて人生が自分の小説より面白くなった」そう、ロマンは何度もわたしに言ってくれました。わたしが彼の人生に「現実離れした味わい」を与えた、と。そういう類いの言葉をすべての女性に贈っているのだろうとは思いましたが、ある点でロマン・オゾルスキを認めなければならないのは、彼には、他人が自分でも気づいていない素質を見抜き、自信を持たせる才能があることです。

ひとりの男性に目を向けられることで自分の内に力が湧き、自分が美しくなると思えたのはそれが初めてでした。その人を失うことが怖くて、いっそ出会わなければよかったと思ったことも初めての経験でした。人生のあの時期のことを考えると、身体が震え、めまいがします。記憶の硬い芯のようなものが表面に浮かびあがってくるのです。あのイラク戦争の予兆があった年、米国人記者ダニエル・パールが殺され、アルカイダへの恐怖があった年。「自宅が燃えているのに、わたしたちはよそを向いている」と、シラク大統領がヨハネスブルク地球サミットで演説をした年、モスクワの劇場で恐ろしい人質事件もありました。

わたしは少しずつ負けを認め、自分がロマンに恋していることを受け入れるようになりました。そう、真実は、わたしがロマンといっしょに、焼き印を押されたように拭い去ることのできない恋を生きていたということです。ランボーが言う、あの「あらゆる感覚の錯乱」した状態です。そして、その情熱を生きていたときですら、自分の人生でこれほど強烈な感覚を体験することは二度とないと知っていました。その感覚は、わたしの恋愛経験における絶頂でした。その尺度で見るなら、以後わたしが生きていくすべてのことは味わいも精彩も欠くことになると判断するほかなかったのです。

だから、わたしもこの愛を信じることにしました。

彼との未来を受け入れたとき、わたしは成り行きに任せることにしました。二人の関係が行き着くところまで行くかもしれないと思うことを自分に許し、数か月前からロマンがわたしに同意を求めていたこと――彼が奥さんに結婚生活の終わりと離婚の意思を伝えること――を承諾したのです。

わたしが予期していなかったのは、その同じ晩、アルミーヌも彼に伝えたい話があったということです。彼女は妊娠していました。男の赤ちゃん。テオ君。

ロマン

送信者　ロマン・オゾルスキ
宛　先　ファンティーヌ・ド・ヴィラット

件　名　フローラ・コンウェイについての真実

二〇二二年六月二十一日

親愛なるファンティーヌへ

この二十年間、沈黙を守ってきたが、わたしは今日この病室からきみに手紙を書こうと決意した。医者の言うことを信じるなら、この数日でわたしが死ぬことはないようだが、身体が弱っているので万一を思い、きみに知っておいてもらいたいことのいくつかを伝えようと思う。

一九九〇年代の末、十二冊ほどの小説を発表したあと、わたしは別の名義で作品を発表する計画を練っていた。確かに、わたしの本は（非常に）売れていた、だがそれは、ある種のレッテルを通して読まれているにすぎなかった。もはや心躍るような特別な出来事ではなくなり、良くて年中行事になっていた。自分についていつも同じことを聞かれ、インタビューでいつも同じ質問に答えることにうんざりしていた。自分が成功し、読者を抱え、想像力も持ちあわせていることを正当化する、そんなことに飽き飽きしていた。

新たな創造的自由を求めて、わたしは複数の物語を英語で書くというひとつの挑戦を自分に課した、言語、文体、小説の範疇（はんちゅう）を変える試みだった。文学において自分の分身を創りだすという展望には、仮面を被って読者とのゲームを続けるという遊びの側面もあるが、同時に、わたしより先にほかの者たちが抱いていた古い幻想、他者になることで生まれ変わるという幻想を復活させる狙いもあった。

自分の人生の代わりに、自分とは異なる存在の断片を寄せ集めて生きることは、小説家のわたしにとっては日常的な宿命だった。そして、そうした自己を分裂させるプロセスを、今回は別の次元で、より大きなスケールで展開しようというだけの話だったのだ。

一九九八年から二〇〇二年末にかけて、わたしはこうして英語で三つの小説を書き、出版するのに適した時期が来るまで、それらを抽斗にしまっておいた。ファンティーヌ、わたしたちがまだいっしょだったころ、この計画を一度もきみに話したことはなかったね。それはなぜか？　おそらく、このやり方の裏には多くの虚栄心が隠れていると、自分でよく分かっていたからだろう。すでにエミール・アジャール（ロマン・ガリの筆名、本名とこの筆名でゴンクール賞を二度受賞している）、ヴァーノン・サリヴァン（ボリス・ヴィアンはこの筆名で『墓に唾をかけろ』を執筆した）、サリー・マラ（レーモン・クノーの筆名）、その他、文学の巨人たちは、こうした文学的分身の創造を、わたしよりずっと前に上手くやっていた。それを猿まねして何の意味があるのだろう？　復讐（ふくしゅう）だったのかもしれない。だが何に対して、だれに対しての？

ファンティーヌ

妻の懐妊を知ったロマンは、わたしとの関係に突然の終止符を打ちました。ロマンの両親も、彼が生まれてすぐに離婚していたのです。だから彼は自分の父親をまったく知らないし、人生を通じてその不在が彼に重くのしかかっていたのです。自分の息子が安定した家庭環境で育つよう、どんなことをしてでも二人の関係をやりなおそうと決断しました。何より、離婚した場合、アルミーヌが息子に良い環境を提供するとは考えにくいため、彼はその予測に恐れを抱いたのだと思います。

ロマンが去ったあと、わたしは暗い鬱の森に迷い込んでしまいました。何か月ものあいだ、さらなる深みにはまってはいけないと思いながら、何もできないまま、わたしは自分の崩壊に傍観者として立ち会うほかありませんでした。

アルミーヌに離婚を求めると言うロマンを引き止めていたわたしは、自分の意に反して彼との物語を終わらせてしまったわけで、その後は自責の念にずっと苦しめられることになりました。悲しみのあまり、心身ともぼろぼろになりました。人生のページをめくることなど不可能に思えました。わたしは、自分自身にとって見知らぬ存在になっていたのです。人生は意味を失い、もはや明かりもなく地平線も見えなくなりました。

当時、わたしはセーヌ通りのある出版社で応募原稿を扱う部の編集助手として働いていました。陰気な建物の最上階、要するに屋根裏部屋を改造した、隣の音が筒抜けの狭いスペース、それがわたしのオフィスです。鳩(はと)と陣地取り合戦をしていた空間には、何百枚もの原稿が床一面を占拠し、机にも堆(うずたか)く積まれ、ときにはそれが天井まで届いて塔を形づくっていました。

その出版社は年間二千を数える原稿を受けとっていました。それらを最初に選別するのがわたしの仕事です。社が取り扱わないジャンル（ノンフィクション、詩、戯曲）の原稿をふるい落とし、フィクションについては最初のコメントを添えるのです。そしてもっとベテランの編集者にわたしの見解を上げます。その仕事にかなりの幻想を抱いていたのですが、一年間それをやったあと、わたしは幻滅していました。

奇妙な時代だったと思います。本を読む人はますます減っているというのに、書く人はますます増えていた。ロサンゼルスでは、だれもがＵＳＢメモリーに自作のシナリオを保存していました。ガソリンスタンドで給油をしてくれる従業員からナイトクラブのウェイトレスまで。パリでは、だれもが自分の抽斗に原稿をしまっているか、あるいは小説の構想を抱えていました。正直に言うと、わたしが受けとった原稿の半分は、文体の貧弱さ、構文上の欠陥、個性の欠如、支離滅裂な叙述といった点で拙劣でした。ほかの半分はどうかというと、女性はマルグリット・デュラスを気取り、男性はダン・ブラウンの剽窃(ひょうせつ)（このころアメリカで『ダ・ヴィンチ・コード』が刊行されたところでした)、退屈で面白みがまったくないのです……。傑作や天然の金塊のような作品とまでは言いませんが、胸をときめかすような作品に、わたしは一度も出会えませんでした。

そして九月末の、あの日のことです。わたしが冷えきった狭いオフィスに着いたのは朝の八時半。ヒーター(生ぬるい空気を出すだけ)と、コーヒーメーカー(色のついたお湯が出るだけ)を点けてから、仕事机に座ったときでした、本棚の後ろに茶封筒が半分だけ見えているのに気づいたのは。わたしは立ちあがってそれを拾いました。原稿の重みで崩れそうな合板製の棚から落ちたのだろうと思ったのです。

ぐらつく棚に積み上げられた原稿の上に置こうとした瞬間でした、その封筒がわたし個人宛てに送られていると気づいたのは。わたしは出版業界では無名の存在でしたが、これを送った人物がインターネットの掲示板などで、自分の作品の良さを認めてくれそうな人の名前を探している姿を想像すると、その思いに少しだけ心を動かされたのです。封筒を開けました。なかには英文で書かれたタイプ打ち原稿が入っていました。

英語なんだ、めんどくさそう……。応募者って、ほんと怖いもの知らずなんだから。

原稿を〝不採用〟の段ボール箱に入れようとしましたが、そのタイトルにわたしは興味を惹かれたのです、『迷宮にいる少女(ザ・ガール・イン・ザ・ラビリンス)』。わたしは冷やかし気分で、本棚のそばに立ったまま最初のページを読みました。それから二ページ目も。わたしは第一章を読もうと椅子に座りました。それから第二章も……。正午、読みつづけるため昼食に行くのもやめて最後のページをめくったときは、もう夕方でした。

鼓動が急速に高まっていました。あまりの衝撃に茫然としていましたが、恋に落ちたときのように口元に笑みまで浮かべていたのです。ほら、やっとわたしの心のど真ん中を射貫く原稿に出会えた、と。それまで読んだものとはまるで似たところのない、何かが違う本。どうにも分類しようのない特異な作品がわたしを網で絡めとってしまったのです。この硬直化した小さな場所とはかけ離れた、新鮮な息吹。

茶封筒のなかを見ると、かなり簡潔な手紙が入っていました。

前略

御社〈リコルヌ出版〉が興味を持たれるかもしれないと思い、わたしの執筆による小説『迷宮（ラビリンス）にいる少女』の原稿を送付いたします。複数社に郵送できない経済的事情から、本原稿の送付は御社のみにいたしますので、ご意向に沿わない場合、恐れ入りますが同封の返信用封筒にてご返却いただきますようお願いいたします。

敬具

フレデリック・アンデルセン

二〇〇三年二月二日、パリ

署名を見て驚きました。というのも、読んでいるあいだずっと著者が女性だと思っていたからです。それでも、アンデルセンに会ってみたいと思う気持ちは抑えがたく膨らんでいきます。手紙にはローモン通りの住所と電話番号が記されていました。ためらうことなく電話をかけました。手紙の日付は半年以上前なので、待たされることに嫌気がさした著者がほかの出版社に原稿を送らなかったことを祈るほかありません。ただその場合でも、わたしにはまだチャンスがありました。英語で書かれているので、だれもその原稿に気づいていない可能性があったからです。電話に応答はなく、メッセージを残すこともできませんでした。

わたしは自分の発見についてだれにも話すことなく帰宅しました。読了後、興奮を分かち合いたいという気持ちはありましたが、冷静さと沈黙を守ったのです。〈リコルヌ出版〉で、わたしの存在は七階の幽霊でした。だれの目にも留まらない透明な〝ミス・セロファン〟。わたしの仕事を評価してくれる人間は稀で、ほとんどはわたしの存在すら知らなかったのです。わたしは「応募原稿担当の女子」か「アシスタントの子」でした。実のところわたしは、時代を間違えている鼻持ちならない男たちや、仲間内でレストランにたむろする上流ぶった女たちを嫌悪していました。なぜそんな連中にこの原稿をプレゼントしなければならないのでしょう？　なぜ彼らにわたしの『迷宮（ラビリンス）にいる少女』を差し出さなければならないのか？　そもそも、この原稿はわたし宛てに送られてきたのです。午後七時、もう一度フレデリック・アンデルセンに電話をかけ、深夜まで一時間ごとにそれをくり返しました。なんの応答も得られなかったので、彼の氏名を〈グーグル〉で検索してみました。そこで判明した事実に、わたしは打ちのめされることになります。

ヴァル＝ド＝グラース区のアパルトマンで死後四か月の男性遺体を発見

ル・パリジャン紙、二〇〇三年九月二十日

首都およびその郊外にて増えつづける孤独死の不幸な事例がまたくり返された。今週木曜日、フレデリック・アンデルセンさんの遺体がパリ市五区の小さなアパルトマンで発見された。

隣に住む若い男女が南米への長期旅行から帰国した後、異臭と郵便受けから溢れている郵便物を見て救急隊に通報したとのこと。同日の夕方、第三消防群の消防工兵隊が出動し、ローモン通りの一室住居（ステュディオ）の窓まではしご車を伸ばした。なかに入るため、消防士はガラス窓を破るほかなかった。警察官の立ち会いのもと、腐乱した遺体を発見。外部から侵入した痕跡は見られず、玄関ドアも内側から施錠してあった。状況から判断して自然死と思われるが、事件性を排除するため司法解剖が行われる。したがって六十七歳の男性の正確な死亡時期は、検視官の判断を待たなければならない。ただし、現場検証および郵便物の開封状況から、死亡したのは五月初旬だと思われる。

元教師のフレデリック・アンデルセンさんは独身で一人暮らしが長く、家賃などはすべて銀行口座から自動で引き落とされていた。多くの健康問題を抱えており、数年前から車椅子で移動していたため、あまり外出することもなかった。ここ数か月姿が見られなかった点についても、ほとんど付き合いのなかった近隣住民の注意を引かなかったようだ。

アンデルセンさんに道で会ったことのある人の話によれば、彼は控えめで、人と打ち解けず、いつも考え事をしていて、ほぼ家に引きこもっていたという。「エレベーターでいっしょになっても、必ず挨拶するとはかぎりませんでしたね」と、建物管理人のアントニア・トレスさんは語った。(……)

ファンティーヌ

その夜わたしは眠れず、まるで原稿に取りつかれたように感じていました。どんなことがあろうと、この原稿を手放したくありませんでした。この小説はわたしのものだった。そう、まさにこのために、未知の原稿や作家を発見するために、わたしはこの職業を選んだのですから。当初わたしは、六十七歳の男性がこれほど現代的な小説を書いたという事実をなかなか信じられませんでした。しかし、高等師範学校受験クラス時代の哲学講義でいつもアンリ・ベルクソンの言葉を引用する教師の言葉を思いだしたのです。「われわれは物事それ自体を見ているのではない、多くの場合、それらに貼られたレッテルを読んでいるのだ」と。そして、眠れないまま過ごすうちに、あるとてつもない計画がわたしの頭のなかに芽生えはじめたのですが、それを実行するためには本格的な調査を必要としました。

翌朝、わたしは体調が悪いので出社できないと会社に電話をしました。そのあと、ローモン通りまで出かけたのです。一度も来たことがない場所でした。まだ朝なので、ムフタール通りの商店街に続く道筋に人影はなく、どこか地方都市の佇まいを見せていました。まるで〈フランス・テレビジョン〉が再放送をくり返す古い「メグレ警視」シリーズの場面を思わせました。フレデリック・アンデルセンが生涯を終えたという場所は、その界隈でいちばん醜い建物でした。〝モダンな〟その建物の正面は茶色っぽいコンクリート、七〇年代がわたしたちに数多く残した遺産のひとつです。最初は管理人がいないのだと思いましたが、三つある公営住宅の建物の運営は一か所にまとめられていて、管理人事務所は隣接する建物内にあることが分かりました。

事務所のドアを叩くと、新聞記事にも名前が出ていたアントニア・トレスが現れたので、わたしは近所に貸し物件を探していることにしました。先週のル・パリジャン紙の記事を読み、アンデルセンの部屋がまだ空いているか知りたいのだと告げたのです。その件について、アントニアは際限なくしゃべりだしました。まず、フレデリック・アンデルセンが家族といっさい連絡をとっていなかったことが確認できました。彼の死後、だれひとり連絡してこなかったそうです。住宅公社はもう部屋を空にして、遺留品のすべてを専門業者が引き取りに来るまで地下二階の広い共同倉庫に移動させたそうです。さらに、アンデルセンがパリ十三区の高校で教師をしていたこと、身体が弱いためかなり以前から仕事をしなくなっていた事情まで教えてくれました。「英語の教師でしたか？」との問いに、「たぶん」と彼女は答えました。

あることを試みるに充分なほどの知識をわたしは得ました。午前中いっぱいをムフタール通りのカフェに陣取って、あらゆる仮定を頭のなかで検証することに費やしました。自分の人生が懸かっていると確信していたのです。惑星直列のような、こんな機会は二度と訪れないだろうと。もちろんリスクはあったし、成功するタイミングもかぎられてはいましたが、この危険な企てが突然、わたしの存在に意味を与えてくれたのです。

昼食時、雷を伴った雨が急に降りだしました。わたしはローモン通りへと戻り、雨宿りを装って、一台の車のあとに続いて地下駐車場へと侵入すると、地下二階にあるという例の倉庫に向かいました。扉の閉まっている倉庫はいくつもありましたが、管理人が言った「広い共同倉庫」のようなスペースは三か所しかありません。三つのうちひとつは空で、もうひとつには車が停めてありました。そして三つめには大きな南京錠が掛かっています。スクーターやオートバイの盗難防止に用いるような頑丈なものです。それをみつめたまま、わたしはその場にじっと立ち尽くしていました。そう、これで終わりです。わたしに鍵を外せるわけがないと思いました。そのための道具も、体力もなかったのです。

　頭のなかを様々な考えが急速に駆け巡りました。雨が降っていましたが、わたしはローモン通りからサン＝ミシェル大通りの〈ハーツ〉レンタカー営業所まで歩きました。すぐに借りられる車を選び、パリからシャルトルの町までおよそ百キロの道のりを運転しました。従兄弟のひとり——ニコラ・ジェルヴェ、別名〝太っちょニコー〟、またの名を〝太っちょへま男（ニゴー）〟、あるいは品の良くない〝短小ニコー〟——がそこに住んでいたのです。彼は消防士でした。ウール＝エ＝ロワール県で一番抜け目ない男とは言えませんし、長いこと会ってもいなかったのですが、ともかく、世話好きで扱いやすい人物だったのです。わたしは別に周りの人たちが思っているような優しい人間でも親切な人間でもありません。人を羨む性質で、嫉妬深く、滅多に満足しない性格なのです。勘違

い の原因はおそらく、愛想の良さそうな顔つきと控えめな態度のせいであって、人から見れば落ち着いているわたしは、実のところ苦悩の塊だったのです。人が優しいと信じるわたしは粗暴です。人が清純と信じるわたしは陰険なのです。ほんとうのわたしを知る唯一の人間がロマン・オゾルスキでした。彼はバラのなかに潜むサソリを見抜きました。それでも彼はわたしを愛したのです。

なんとか母親の家にいたニコラをみつけました。わたしは途方に暮れた若い女を演じ、元恋人がわたしの持ち物を勝手に片づけてしまった倉庫の扉を開けるのに、ニコラの助けが必要なのだと頼みました。彼はわたしのボディーガード役を任されたのが嬉しいようで、すぐに食いついてきました。午後六時少し前、わたしがシャルトルの〈ハーツ〉クルティユ大通り営業所にレンタカーを戻したとき、得意満面のニコーが四駆で迎えに来てくれ、おまけに彼は緊急時に消防士が南京錠を切断するための六十センチ以上もあるボルトクリッパーを持参していました。ローモン通りの南京錠に抵抗の余地はありません。わたしは〝太っちょニゴー〟に礼を述べ、長居されたり自分がやらされた役割に疑問を感じる暇（いとま）を与えたりすることなく、帰ってもらいました。

その夜は地下倉庫のなかで、四駆の車内から失敬した懐中電灯を使って、フレデリック・アンデルセンの部屋にあった遺留品を調べる作業にほとんどの時間を費やしました。実用的な家具が数点、車椅子、〈スミス・コロナ〉の電動タイプライター、二つの大きなポリエステル製スーツケースには、ティノ・ロッシからニナ・ハーゲン、あるいはナナ・ムスクーリからガンズ・アンド・ローゼズといったように極端にジャンルの異なるレコード盤とＣＤが入っていました。また、ニューヨーカー誌の古い号や、英語で書かれた小説――〈ペンギン・クラシックス〉、ペーパーバックの探偵小説、書き込みのある〈ライブラリー・オブ・アメリカ〉――が入った三つの段ボール箱もみつかりました。遺品のなかに写真や手紙の類いがないことも、わたしの興味を惹きました。そして何より、金属製のキャビネットの抽斗から思ってもみなかったものがみつかったのです。二つの新たなタイプ打ち原稿、『ナッシュ均衡（ザ・ナッシュ・エクイリブリアム）』、そして『感覚の終わり（ジ・エンド・オブ・フィーリングズ）』。興奮したわたしは、不安を感じつつも最初の数ページをめくりました。草稿などではありません、まさに完成した小説で、わたしが読んだ箇所は『迷宮にいる少女（ザ・ガール・イン・ザ・ラビリンス）』にも負けず劣らずの内容でした。

　ローモン通りをあとにしたのは午前五時です。あの朝、雨の降るなか、頭からつま先までずぶ濡れになって歩きながら二つの原稿をぎゅっと胸に抱きしめ、疲れ果てていたけれど幸せだった自分のことを、決してわたしは忘れないでしょう。

　これは、**わたしの**小説……。

ロマン

送信者　ロマン・オゾルスキ
宛　先　ファンティーヌ・ド・ヴィラット
件　名　フローラ・コンウェイについての真実

（……）きみと別れたあとの数か月は、わたしの人生で最も美しい日々であったと同時に、最も辛い時期でもあった。最も美しい日々、それは子どもが生まれ父親になれるという幸福感によるもの、最も辛い時期というのは、もうきみに会えなくなって、それが絶え間ない苦痛となっていたからだ。きみの不在はわたしから睡眠を奪い、わたしの内なるすべての悪魔を焚きつけてしまった。何かを通じてきみとともに生きつづけるために、『迷宮にいる少女』の原稿を届けようと思いついたのだ。プレゼントのように、許しを乞うために。

だが、企てを成功させるには信憑性がなければならないし、きみをだますことが容易ではないことも分かっていた。ありとあらゆる方法を考えてみたが、どれも見込みがあるとは思えなかった。ひらめきが訪れたのは、ある日の午後四時ごろ、コントレスカルプ広場のパン屋で列に並んでいるときだった。わたしの前にいた客同士が、近所にあるローモン通りのアパルトマンで死後数か月経ってから発見された男の話をしていた。わたしはその出来事を地道に調べあげた。アンデルセンは孤独な人間で、遺族も付き合う者もいなかった。元教員、影の薄い孤独な人物で、この世に生きてはいたものの、ほとんどその痕跡を残さずに死んでいる。無名で亡くなった作家を演じるにはもってこいの人物だったのだ。

　小説の筋書きを練るときのように、わたしは大胆で遠回しな方法を思いついた。ローモン通りの建物はパリ市営住宅公社(OPAC)が運営していた。つまり、アパルトマンが長期にわたって空室のままではないだろうし、地下倉庫に置かれたアンデルセンの持ち物も早晩片づけられることを意味していた。わたしはOPACが掛けた南京錠を切断し、アンデルセンが完璧なバイリンガルであったという設定を証拠づけるために、アメリカの雑誌や英語で書かれた小説など偽の手がかりを紛れ込ませた。さらに、わたしが清書用に使ったタイプライターと、二つの原稿『ナッシュ均衡(ザ・ナッシュ・エクイリブリアム)』と『感覚の終わり(ジ・エンド・オブ・フィーリングズ)』も残しておいた。最後に、倉庫の扉に新しい南京錠――あまり簡単に外せないよう頑丈なものにした――を掛けると、わたしの計画は次の段階に進んだ。

　交際中に何度かきみを迎えにセーヌ通りまで行ったことがある。きみのオフィスが建物のどこにあるのかも知っていた。きみが出版界に対して抱いていた相反する感情についても分かっていた。〈リコルヌ出版〉の社長の〝面会したい〟という以前からの要望に応じることで、わたしは社屋に入ることができた。簡単だった。というのも、当時は、わたしの作家生活における絶頂の時期だったし、どの出版社も〝フランス人が最も好む作家〟を自社に抱え込みたがっていたからだ。面会を午後一時十五分まで長びかせ、辞する際にエレベーターまで見送られたあと、わたしは一階に下りる代わりに最上階まで上がった。その時刻、廊下には人影もなかった。きみは昼食に出ていて、オフィスに鍵は掛かっていなかった。もっとも、泥棒はめったに原稿など盗んだりはしないだろうが……。低い本棚の後ろに、茶封筒を、はみ出して落ちそうになるように挟んでおいた。

わたしはすべての準備を整えた。さて次は、ファンティーヌ、きみの出番だ。

ファンティーヌ

両親をはじめ、友人たち、祖母たち、へま男（ニゴー）のニコー、わたしはみんなから自分の出版社を立ちあげるためのお金を借りました。何ユーロかをこちらから、何ユーロかをあちらからというようにです。自分の住宅預金を取りくずし、貯蓄型生命保険も解約してローンを組みました。だれもが、わたしの頭がおかしくなったと言い、どうせ失敗するだろうとの見通しを立てていました。本が世界を変えることはないでしょうが、『迷宮（ラビリンス）

にいる少女』はわたしの人生を変えたのです。この小説のお陰でわたしは、より自信に満ちた、物事に動じない、以前とは異なる人間になりました。そして、こうして新たな情熱を抱くことができたのも、わたしの分身フローラ・コンウェイに負うところが大きいのです。彼女は、フレデリック・アンデルセンの原稿を世間に届けるためにわたしが創造した人物(キャラクター)です。わたしは自分の望みどおりに彼女を作り上げました。フローラ・コンウェイ、それは、わたしが読みたいと思う小説を書く女性作家なのです。サン＝ジェルマン＝デ＝プレにたむろする腐った文壇人や、文学を支配する少数の人々の慣れ合いから生まれる堕落からはほど遠いウェールズに、わたしは彼女の少女時代を設定しました。ニューヨークでパンクな青春時代を過ごし、バワリーのバー〈迷宮(ラビリンス)〉でウェイトレスとして働き、ハドソン川を望むヘルズ・キッチンのロフトハウスで暮らすという、彼女の過去を創造したのです。

フローラ、それはわたしにとっては自由の定義です。自著を売るために客引きなどせず、マスコミを見下し、ジャーナリストに〝とっとと失せろ〟と言える、解放された精神そのものなのです。何も恐れない、寝たい相手と好きなときに寝る、読者の劣情ではなく知性を搔きたて、文学賞をばかにして臆せず、けれども受賞してしまう、そんな女性です。わたしが原稿をフランス語に訳しているあいだに、そして、次々と作品が文学的成功を収めていくにしたがって、また、インタビューの依頼にわたしがキーボードを叩いてメールで返事を試みるなかから、少しずつフローラが生まれていきました。彼女のポートレートが必要になったときには、祖母の若いころの写真を選びました。人を魅了するその写真はわたしに似てもいました。フローラは、わたしの頭のなかに、わたしのDNAのなかにいるのです。フローラ・コンウェイ、彼女はわたしなのです。もっと良いわたしなのです。

ロマン

送信者　ロマン・オゾルスキ
宛　先　ファンティーヌ・ド・ヴィラット
件　名　フローラ・コンウェイについての真実

(……)きみには驚かされたことを白状しなければいけない。ほんとうに。わたしは喜々として、ときには陶酔状態であれらの原稿を書いたのだが、それはずっとなかったことだった。あの分身になっていると、ふたたび書く行為(エクリチュール)の魔法が働いてくれたんだ。初めてフローラ・コンウェイの名を知ったのは、フランクフルト・ブックフェアで世界中の出版社が彼女の小説に興奮していると聞いたときだった。業界中が、きみがその新人のためだけに出版社を立ちあげたという話題で持ち切りだった。わたしがきみに押しつけた冴えない元教員の男を、ニューヨークのバーで働いていたという謎の女性小説家に置き換えたきみの営業センスに、わたしは敬服した。

最初はそれを喜んでいた。一挙に新たな活躍の道が開けたのだから。わたしの仕事からようやくレッテルを剝がせたのだから。わたしは好評で迎えられたこの結果を一種の復活としてとらえ、創作者である自分の人生の新たな燃料にしようと考えた。それはまるでふたたび恋に落ちたかのようだった！　いくつか突飛な状況に陥るという経験もした。ある書評番組で、同じ評者が、わたしの最新作をけなしたあとにフローラの本を褒めそやすのだった。その数週間後、ある新聞がわたしに『迷宮（ラビリンス）にいる少女』の論評を書いてほしいと依頼してきた。当時言われていたあらゆる潮流に逆らい、否定的な意見を表明したわたしは、もちろん嫉妬しているのだと徹底的な非難を浴びた！　だから、当初は自分の仕掛けた試みにかなり満足していたけれど、それも長続きはしなかった。まず、その喜びを分かち合う人間がいなかったからだ。それに、フローラ・コンウェイの原稿がわたしのものだとしても、彼女の人物像はきみの創造物だったからだ。わたしがひとりで糸を操っていたわけではなかった。そして正直に言えば、わたしは何ひとつ操ってなどいなかったのだ。

年月とともにフローラ・コンウェイはわたしの手を完全に逃れてしまい、その結果、わたしを苛立たせるようになった。彼女についての話をされるたびに、彼女についての記事を読んだり、だれかがわたしの前で彼女への賛辞を述べたりするたびに、わたしは不満を感じ、それが時とともに怒りへと変わっていった。何度わたしは秘密を明かし、世界に向かって叫びたいと思ったことか、「ばか者どもよ、フローラ・コンウェイ、それはわたしだぞ！」と。

だが、虚栄心に逆らう毎日の闘いのなかで、わたしはじっと耐え抜いてきた。人生で最も苦しかった時期、元妻がわたしから息子の親権を取りあげようと画策し、自分が世間から見放されたように感じていた、あの二〇一〇年の秋から冬にかけて、わたしはこの話の真相をきみに明かしてしまいたいと思った。きみにだけは話しておこうと。きみとの関係をどうやって修復すればいいのか、まったく思いつかなかったので、わたしは自分が知る唯一の方法に身を投じることにした。ひとつの小説を通してきみに真実を伝えようとしたのだ。それはフローラ・コンウェイとロマン・オゾルスキが登場する作品。二人は創造物と創作者で、登場人物が〝自分〟の作者に反抗するという物語。きみが唯一の読者となるはずの小説。その小説を、確かにわたしはあの冬に書きだしたのだが、最後まで書き終えることがどうしてもできなかった。

なぜなら、フローラが扱いやすい人物ではなかったからだ。

なぜなら、わたしは誓いを立て、それ以降は一行たりとも書いていないからだ。そしておそらく、この物語の結末は実際の人生のなかでしか知りえないものだからだ。というのも、きみがあれほど引用するのを好んでいたヘンリー・ミラーの一文もこう言っているのだから、「本は何の役に立つのか、もしそこから人生に何も持ち帰ることができないなら、もしそこで、より強い渇望、強烈な喉の渇きを覚えることができないのなら」

バスティア中央病院
心臓外科——三〇八号室
二〇二二年六月二十二日

クレール・ジウリアーニ教授 （病室に入りながら） そんな状態で、どこへ行くんです？
ロマン・オゾルスキ （バッグを閉めながら） わたしが行くと決めた場所だよ。
クレール・ジウリアーニ むちゃです、今すぐベッドに寝てもらいましょうか。
ロマン・オゾルスキ いや、わたしは消えるよ。
クレール・ジウリアーニ わがままはやめてください、まるでうちの八歳の息子ですよ。
ロマン・オゾルスキ 一秒でもいたくないんだ、ここには。死の匂いがする。
クレール・ジウリアーニ 担架に乗せられて、冠動脈が塞がった状態でここに来たとき、あなたは今ほど元気ではなかったですよね。
ロマン・オゾルスキ 蘇生させてくれと頼んだ覚えはないが。
クレール・ジウリアーニ （ロッカーの前に立って、患者がブルゾンを取りだすのを阻止しながら） 確かに今のあなたを見ていると、蘇生させるべきかもうちょっと疑問を持っても良かったかなと自分でも思いますけど。

ロマン・オゾルスキ　どいてくれないか！

クレール・ジウリアーニ　いいえ、わたしはわたしの好きなようにします。ここはわたしの病院ですから！

ロマン・オゾルスキ　違うね、ここはわたしの病院だ。なぜって、あなたの給料はわたしの税金から支払われているし、そのお陰でこの病院も建設できたんだから！

クレール・ジウリアーニ　（ロッカーの前からどきながら）あなたの本を読んでいると、あなたは感じのいい人に思えますけど、実際には人をばかにするどうしようもない方なんですね。

ロマン・オゾルスキ　（ブルゾンに腕を通しながら）ご親切にありがたいお言葉も頂戴したことだし、とっとと消え失せることにするよ。

クレール・ジウリアーニ　（思い直すよう、宥めながら）その前にわたしの本に署名をしてもらいましょう。せめて、あなたの命を救ったことが無駄にならないためにも。

ロマン・オゾルスキ　（医師が差しだした自著のページに殴り書きで署名をしながら）はい、これで満足かな？

クレール・ジウリアーニ　真面目な話、どこへ行くつもりですか？

ロマン・オゾルスキ　だれにもきんたまを潰されない（うんざりさせられない）場所だ。

クレール・ジウリアーニ　とってもエレガント。知っていますか、治療を続けないと死にますよ。
ロマン・オゾルスキ　少なくとも自由にね。
クレール・ジウリアーニ（肩をすくめて）でも死んでしまったら、自由でいて何の意味があるのでしょう？
ロマン・オゾルスキ　囚われ人のままで生きることに何の意味があるんだ？
クレール・ジウリアーニ　監獄の定義に関して言えば、われわれの意見は異なります。
ロマン・オゾルスキ　では先生、さようなら。
クレール・ジウリアーニ　五分だけ待ってもらえますか？　面会時間ではありませんが、あなたに会いたいという方が見えてます。
ロマン・オゾルスキ　面会人？　息子以外だれとも会いたくないんだが。
クレール・ジウリアーニ　口を開けば、息子、息子って、少しは放っておいてあげたらどうです！
ロマン・オゾルスキ　（出ていこうと急ぎながら）面会したいって、だれかな？
クレール・ジウリアーニ　女性です。ファンティーヌという方。あなたのことをよくご存じだそうですよ。で、上がってもらいますか、それとも追い返します？

わたしが最後に見たフローラ

ロマン・オゾルスキ

1

一年後。

イタリア、コモ湖。

ホテルのレストランからの眺めは、そのまま湖のなかに沈み込んでいくような錯覚を覚えさせる。古めかしい石積みの丸天井、淡い色の木造調度品、大きなガラス窓、ミニマリズムが基調のその場所は、周囲に建ち並ぶ新古典主義様式の巨大な建築物とは好対照をなしていた。

朝の七時、まだ陽は靄にかすんでいたが、客たちで賑わう前の静けさのなか、すでにテーブルは整えられていた。

わたしはバーカウンターのスツールを選んで腰掛けた。目をこすって疲れを追いやると、カウンターの背後では、湖面の青みがかった反射が大判の天然石（チェッポ・ディ・グレ）のタイルの表面で踊っているかのように見えた。白のタキシードを着たバーマンにコーヒーを注文すると、薄い泡に覆われた、こくのあるもったりしたコーヒーをいれてくれた。

辺りを一望できるその席にいると、まるで船首像になったように感じる。世界の目覚めを観察できる特等席だ。最後の確認の時刻で、プール係はプールの清掃を終え、庭師たちは植木鉢の花に水をやり、ボート係は浮き橋に繫留したホテルのクラシックボート〈リーヴァ・アクアラマ〉を磨き終えたところだった。

「シニョーレ、リストレット（通常の量のコーヒー豆を通常の半分の量の水で抽出したエスプレッソ）をもう一杯いかがでしょう？」

「ああ、いただこう。グラツィエ」

クリの無垢材を使ったカウンターにはｉＰａｄが置かれ、電子版の新聞を読むことができるのだが、わたしはずいぶん前から世界の苦悩に対して無感覚になってしまった。

とはいえ、一年前から人生が息を吹き返していた。ある時期で途絶えたと思っていた人生の筋道が――テオの幸せ以外に何も関心事のないただの括弧で括ったような時期のあと――ふたたびみつかったとさえ感じられるときもある。人生とは往々にして、だれかと分かち合えるとき面白みを増すものだ。ファンティーヌはわたしのそばに戻り、わたしも彼女のそばに戻った。わたしは、まったく未練もなくコルシカ島を離れ、リュクサンブール公園近くのあの家の改修に資金を注ぎ込んだので、ようやく当初そうあってほしいと願っていた家の姿になった。医学部の第二学年に進んだテオも、よくわたしたちを訪ねてきてくれる。あの悲惨だった二〇一〇年の冬はもう遠い昔の話だ。十八年近くもあとになって、わたしが創作したフローラ・コンウェイが――わたしたちが共同で創作したとファンティーヌは抗議するだろうが――二人をふたたび結び付けてくれた。景色とホテルの美しさはすばらしいが、イタリア・アルプスの麓でのロマンチックな週末旅行は出だしからつまずいた。午前二時に目を覚ましたわたしは、汗びっしょりで、両腕は硬直状態、心臓が締めつけられるように感じた。冷たい水で顔を洗い、錠剤を飲むと、脈は徐々に治まったが、もう眠れなかった。こういう不眠は頻繁になりつつあった。悪夢を見るほどではないが、いくつかの執拗な問いにひどく苛まれて眠れなかったのだ。そして、その問いのひとつが、フローラはどうなったかだった。

何年ものあいだ、わたしは彼女を見殺しにしたと思ってきたが、ほんとうに彼女は死んだのだろうか？　あのままウサギ男と手を取り合って身を投げたのか？　それとも最後の瞬間、ウサギ男による呪縛を断ちきったのだろうか？

フローラ・コンウェイ、彼女はわたしなんだ……。

わたしが考えを変えることは決してない。だが、彼女の立場ならどうしただろう？フローラもわたしも疑似弱者だ。つまり、ほんとうは強い。そう、わたしたちの長所は耐え忍ぶ力なのだ。わたしたちは溺れているように見えても、内に秘めた力をみつけ、強烈な脚の一蹴りで水面に浮かびあがるだろう。戦場で倒れたとしても、いつでも周囲に歩兵（ポーン）の駒を配置しているので、土壇場になればだれかが助け起こしに来てくれる。われわれ小説家の内にあるのは、そういうものなのだ。なぜならフィクションを書くというのは、現実の宿命に反抗することだから。

虚勢？　たわごと？　確かにずいぶん前からわたしは書くことをやめているが、もう書かないからといって作家でなくなるわけではない。しかし、よく考えてみれば、フローラに何が起きたのか知る方法はひとつしかないのだ。それは、彼女がどうなったかを書くこと。

　わたしは目の前に置かれたタブレットのロックを解除し、ワープロアプリがインストールされていることを確認した。わたしが好む執筆の方法ではないけれど、問題はなさそうだ。怖くないと言ったら嘘になる。十年以上も前、あの凍えるような一月の晩、わたしはロシア正教会の聖堂でもう決して書かないと誓い、その約束をこれまで厳密に守ってきたし、神々は人が約束を破ることをあまり好まないものだ。だがわたしは、その誓約にほんのわずかなら背いても良いのではないかと考えていた。それはささやかな過ちですらない。登場人物のひとりの近況を知りたいだけなのだから。わたしは三杯目のコーヒーを注文し、ワープロアプリを起動させる。未知の領域に飛びこむ直前の、背骨に沿って伝わってくる震えをふたたび感じるのは快かった。

　自転車を欲しがったのはおまえだろう？（アイ・ヴォルート・ラ・ビチクレッタ）　それならペダルを漕ぐのもおまえだ！（エ・アディッソ・ペダーラ）

まず匂いが。イメージを引きだす数々の匂い。遠い子ども時代とバカンスの匂い。日焼けオイルの香料モノイの香り……

2

まず匂いが。イメージを引きだす数々の匂い。遠い子ども時代とバカンスの匂い。日焼けオイルの香料モノイの香り、綿菓子やゴーフル、リンゴ飴(あめ)のノスタルジックな匂い。油っこいけれどやみつきになるオニオンリング、ソーセージピザの匂い。人はそれぞれ、プルーストと同じように、自分のマドレーヌを、自分のコンブレー村を、自分のレオニ叔母を持っている。さらにはカモメの鳴き声、子どもたちの歓声、波、潮騒、村祭りで流れる流行歌も。

わたしは小規模な海浜リゾートの浜辺に延びる板張りの遊歩道(ボードウォーク)を歩いている。浮き橋がひとつ、白い浜辺、大きな観覧車のシルエット、そして建ち並ぶ露店から聞こえてくる頭がくらくらするような大音響。遊歩道の脇に立つ広告板を見れば、自分が今どこにいるのか疑いようがない。わたしは、ニュージャージー州にあるシーサイド・ハイツに……着地していた。

穏やかな気候、傾きつつある太陽は水平線にまもなく隠れてしまうだろうが、人々は砂浜から去ろうとしない。わたしは浜辺に向かった。ひとりの男の子が、小さかったころのテオを思いださせた。その子と遊んでいる女の子が、わたしが欲しかったけれど決して授からなかった娘のように思えた。気さくで素朴な、時を超越したような雰囲気のなか、人々はバレーボールやビーチテニスを楽しみ、ホットドッグを食べ、ブルース・スプリングスティーンやビリー・ジョエルを聞きながら日焼けをしている。

水着に収まりそうにない身体がいくつか目に入る、それは悩みなのか、罪悪感、それとも無頓着か。またある者たちは人の目を惹きつけていた。一方のわたしはというと、フローラがいないかと期待して人々の顔を確認してみたが、いくら探してもみつけることができなかった。群集のなかには、まだ読書を続けている人が何人かいた。ほとんど条件反射で、わたしは表紙に記された著者名を注意深く見ていく。スティーヴン・キング、ジョン・グリシャム、J・K・ローリング……。数十年前から変わらずトップの座を占める作家たち。自分でも理由はよく分からないが、カラフルな表紙の本に惹きつけられた。わたしは砂の上に足を進め、その本が置かれているビーチマットに近づいた。

『人生のあとの人生（ライフ・アフター・ライフ）』フローラ・コンウェイ

「すみませんが、あなたの本、ちょっとだけ見せてもらってもいいですか？」「もちろん、どうぞ！」赤ちゃんに服を着せていたお母さんが応じる。「持っていってもいいですよ、もう読み終わりましたから。すごく楽しめましたよ、結末をちゃんと理解できたか、自分でも分からないんですけどね」

わたしは表紙のイラストを見る。図案化された秋のニューヨーク、赤い髪の若い女性がビルのように巨大な本の縁にぶら下がっている。本をひっくり返し、裏表紙の内容説明に目を通す。

ときには、知らないままでいたほうが良いことも……

《とっさのことで動転してしまい、わたしはノートパソコンをバタンと閉めた。椅子に座ったわたしの額は恐ろしいほど熱く、全身を悪寒に震わせていた。目がひりひりして、肩から首まで鋭い痛みのために麻痺している。冗談じゃない、小説の登場人物が執筆中のわたしに直接呼びかけるなんて初めてのことだった！》

パリに住む小説家ロマン・オゾルスキの物語はこのように始まる。夫婦関係と家庭問題で最悪の状態に瀕しているロマンが、新作小説の最初の数章を書きはじめたとき、作中人物のひとりの女性が彼の人生に乗り込んできた。彼女の名はフローラ・コンウェイ。自分の娘が行方不明になってから六か月が経っていた。そしてフローラは、何者かが彼女の人生を陰で操っていること、その人物、その作家が、彼女を餌食にし、自分の心と人生とを容赦なく押しつぶしていることに気づいたばかりだった。

だから、フローラは反抗することにした。二人のあいだで一対一の危険な対決が始まる。

だが、だれがほんとうの作者なのか？　だれが登場人物なのか？

全著作が対象となるフランツ・カフカ賞を受賞した著名な小説家フローラ・コンウェイは、悲劇的な事故で三歳の娘を亡くした。この心揺さぶる小説を通じて、彼女はわれわれ読者に、服喪についての比類なき証言と、書く行為の持つ救済の力に捧げる頌歌を贈ってくれたのだ。

わたしはしばらくのあいだ茫然としていた。もしわたし自身の現実世界においてフローラがわたしの小説の登場人物ならば、彼女の世界では、わたしが自分の役割を演じる彼女の操り人形であると知ったからだ。

現実世界……虚構世界……。これまでの人生を通じて、わたしは現実とフィクションのあいだの境界線は不確かなものであると思ってきた。偽りほど真実に近いものなどないのだ。そして、自分が現実のなかでのみ生きていると信じる人ほど間違いを犯している者はいない。なぜなら、人がある種の状況を現実であるとみなした瞬間から、それが結局は現実にな**る**からである。

3

わたしは階段を上って遊歩道に戻る。露店市の賑わいが磁石のようにわたしを引き寄せた。屋台が放つ揚げ物の匂いがわたしを苦しめる、フローラのもとを訪ねるたびに襲ってくる、あの恐ろしい空腹感がわたしをとらえたのだ。どこかでホットドッグを買おうと、土産物やアイスクリームを売る店に沿って歩いていたとき、思いがけずマーク・ルテッリの姿が目に留まった。浜辺に構えるレストランのテラスのテーブルで、海を眺めながらエスプレッソを飲み終えるところのようだった。元刑事は、すらりとした体型にきちんと髭を剃った顔、穏やかな目つき、スポーティーな装いと、時が逆行したかのような見違える容貌になっている。

彼に近づこうとしたそのとき、だれかがルテッリに声をかけた。

「見てパパ、これを当てたの！」

わたしはふり返ってその子を見た。大きなぬいぐるみを抱えた七歳か八歳の金髪の女の子が、射的小屋から走ってきたところだった。その子の後ろを歩いているフローラ・コンウェイの姿を見て、わたしは胸が締めつけられた。

「すごいぞ、サラ！」ルテッリは娘を抱きしめながら叫ぶと、抱え上げて肩車した。

もちろん、キャリーではない。もちろん、だれもキャリーの代わりにはなれないが、テラスを離れていく彼ら三人を見て、わたしは深い喜びを感じた。人生に打ちのめされた二人が、わたしと同じようにそれぞれの人生を取りもどしていた。ひとりの子を持つまでに。

フローラが板張りの遊歩道(ボードウォーク)を歩いていたとき、太陽が最後の一条の光を投げかけたとき、彼女はわたしのほうをふり返った。ほんの一瞬、わたしたちの視線は交差し、感謝のほとばしりが互いに二人を貫いた。

それからわたしは指を鳴らすと、夜の帳(とばり)のなかに消えた。

奇術師のように。

六月十日、土曜日、午前九時半

小説を脱稿。
わたしは人生に戻ろう。

ジョルジュ・シムノン
『わたしが老いていたとき』

解説

千街晶之

ギヨーム・ミュッソというと、紛れもなくミステリ作家でありつつ、ミステリという枠に収まりきらないものを以前から感じさせる小説家だった。

もちろん、それは彼の作品がミステリとして物足りないという意味ではない。二〇一八年に邦訳され、日本のミステリファンに彼の名が知れ渡るきっかけとなった『ブルックリンの少女』（二〇一六年）は、失踪した恋人の行方を追う小説家と、彼の友人である元警察官による調査が並行して描かれ、最後には鮮やかなサプライズ・エンディングが待っていた。続けて邦訳された『パリのアパルトマン』（二〇一七年）、『夜と少女』（二〇一八年）、『作家の秘められた人生』（二〇一九年）にしても、過去に起因する何らかの事件が起き、主人公はそれに巻き込まれながらも真相を探る……という構成は共通している。しかし、そうした謎と解決の構図からはみ出すような何かが著者の小説には存在する。それは、同じフランスの作家であるミシェル・ビュッシやピエール・ルメートルあたりと比較すればわかりやすい。ビュッシやルメートルの場合、構成や展開はすべてサスペンスの醸成やどんでん返しに向けて奉仕している。ところが著者の場合、ミステリとしての起承転結から逸脱する豊かで饒舌な語りが多い印象を受けるのだ。

では、本書『人生は小説』（原題 La vie est un roman、二〇二〇年）の場合はどうなのか。この小説は、これまでで最もミステリ的な謎からスタートしながら、最もミステリとしては破格の展開を示した実験的作品である。

二〇一〇年四月、ニューヨークのブルックリンでその事件は起きた。高名な小説家フローラ・コンウェイの三歳になる娘キャリーが、自宅アパートメントから消えたのだ。娘とかくれんぼをしていたフローラが目を瞑っているあいだにキャリーはいなくなっていた——室内履きの片方だけを玄関に残して。フローラは警察に連絡したが、ビルの廊下に設置された監視カメラによると、彼女のアパートメントには人の出入りは全くなかった。それから半年経ってもキャリーは見つからず、事件はマスコミや大衆の好奇心の恰好の獲物となり、フローラは自宅に引きこもったまま憔悴してゆく。そんな彼女のもとに、出版社社主のファンティーヌがやってきて、今の苦境から抜けだすために小説の執筆を勧め、プレゼントとして箱を置いてゆく。その中に入っていたものとは……。

如何であろうか。密室からの人間消失という、絵に描いたような不可能犯罪である。これまでの著者の作品で、ここまで外連味に満ちた謎を冒頭で読者に突きつけてきたことはなかった。この不可思議な謎がどうやって合理的に解き明かされるのかが、本書の興味の中心になるのだろうと多くの読者が予想する筈だ。

ところが、そうはならない。本書はこの後、ミステリの定石から限りなく逸脱した方向へと突き進むのである。それがどういう意味かは、読者の楽しみを奪わないためにもここには書けない。そのため、ここからの記述はやや隔靴掻痒にならざるを得ないけれども、本書のさまざまな要素から、ミュッソという作家の特色を探ってみたい。

著者の作品には小説家が頻繁に登場する。それも、主人公または重要人物の役割で。『ブルックリンの少女』の小説家ラファエル・バルテレミ、『パリのアパルトマン』の劇作家ガスパール・クタンス、『夜と少女』の小説家トマ・ドゥガレ、そして『作家の秘められた人生』の隠棲中の大物小説家ネイサン・フォウルズと小説家志望の青年ラファエル・バタイユ。本書の主人公であるニューヨーク在住の小説家フローラ・コンウェイと、パリ在住の小説家ロマン・オゾルスキもそこに連なる。

『作家の秘められた人生』では、エピローグでいきなり読者を現実に引き戻すかのように著者自身が登場するが、そこでは作中人物のネイサン・フォウルズのことがまるで実在の人物であるかのように語られている。『夜と少女』は、単に事件の決着だけなら、邦訳で四〇〇ページの時点で終わっていても特に問題はない物語だが、主人公のトマ・ドゥガレは「小説家の特権」を活かして事件の悲惨な真相を救いのあるものへと書き直す。著者の作品では、小説家はしばしば作中の現実に介入するのだ。だが、そんな小説家が二人いた場合はどうなるのか？　本書のフローラ・コンウェイとロマン・オゾルスキは、互いの小説家としての現実に介入を繰り返す存在であり、そのことが現実と虚構の関係を問う本書の構成と結びついているのだ。

　ほかに本書で気づいた点としては、それまでの作品でもしばしば描かれてきた、両親の不和のせいで難しい立場に置かれる子供というモチーフが前面化していることが挙げられる。『ブルックリンの少女』のラファエル・バルテレミの元妻ナタリーは、仕事を優先して息子のテオを育てることを断念し、ラファエルにテオを託して去る。『パリのアパルトマン』のガスパール・クタンスは、子供時代、自分を独占しようとする母親の前で些細(ささい)な失言をしたことで結果的に父親のジャックを自殺に追いやってしまう。どちらのエピソードも本筋に直接絡むわけではないし、ナタリーもジャックも登場人物表に名前が記されるほど重要なキャラクターではない。だがそうであるからこそ、こうしたエピソードが著者の作品に頻出することは気にかかる。本書では、我が子をどちらが引き取るかで争うロマン・オゾルスキとその妻アルミーヌの険悪な関係として、それらの旧作におけるエピソードが拡大されたかたちで繰り広げられる。

　それと関連して、子供を奪い去られることへの恐怖は、著者の小説ではしばしば歌曲『魔王』によって象徴される。『パリのアパルトマン』の殺人者は「榛の木の王(エルルケーニヒ)」と呼ばれていたが、本書でも「娘はまるで、わたしが油断をしていた隙に、榛の木の王によって闇のなかに連れ去られてしまったかのようだ」という一文がある。子供を失うことに対し、著者の中に強迫観念にまで発展した恐怖があることが窺える――作風が変わる前の、『メッセージ そして、愛が残る』(二〇〇四年)などの初期作品においてもそうなのだ。小説家の中には、いずれ人生に立ちはだかるかも知れない恐ろしい可能性に、小説というかたちで先取りして向かい合うことで生きていけるタイプがいる。著者もまたそうなのだろうか。

こう紹介したからといって、本書をあまり重苦しく深刻なものとばかり受け取らないでほしい。というのも本書は、虚実攪乱のためにさまざまな仕掛けを張りめぐらせる著者の遊び心が最も顕著な作品でもあるのだから。

例えば冒頭には、「ウェールズ出身の作家フローラ・コンウェイ氏がフランツ・カフカ賞受賞」という見出しの、AFP通信の架空の記事が掲げられている。そこには「同文学賞は、プラハ市の協賛のもと、フランツ・カフカ協会が国際的な選考委員会に諮って二〇〇一年から授与してきたもので、これまでの受賞者には、フィリップ・ロスやヴァーツラフ・ハヴェル、ペーター・ハントケ、また村上春樹の各氏がいる」とあるが、これはフランツ・カフカ賞の紹介としては全く正しい。ところが、この記事の日付は二〇〇九年十月二十日となっている。実際にはこの年に同賞を受賞したのはペーター・ハントケであり、ヴァーツラフ・ハヴェルに至っては二〇一〇年、つまり記事の日付からは未来の受賞者なのだ。いかにも事実めかした説明を書き連ねつつ、実際には澄ました顔で法螺を吹いている——著者の悪戯っ子めいた遊び心は、既に巻頭で明らかなのである。また、『天国からの案内人』（二〇〇五年）のマーク・ルテッリ刑事や『パリのアパルトマン』のディアーヌ・ラファエル医師、『作家の秘められた人生』のジャスパー・ヴァン・ワイクが再登場するなどの他作品とのリンクも、著者のファンをニヤリとさせるだろう（特に、再登場はあり得ない運命を辿ったと思われていたルテッリに関しては、複数の解釈の可能性がありそうだ）。

フローラ・コンウェイとロマン・オゾルスキ、二人の小説家の人生と創作をめぐる物語は、鏡の迷宮のような眩惑的な展開の果てに、ある決着を迎える。それは、キャリーの密室からの消失という冒頭の時点で読者が期待した結末とは異なるかも知れないが、読者の前に提示されたさまざまな謎を見事に収束させたことは間違いない。いかにもミステリらしい不可能犯罪で開幕しつつ、中盤ではミステリから逸脱し、最後には手品のように鮮やかな閉幕を用意する——一筋縄ではいかない〝ミステリ作家〟ミュッソの大胆にして細心なアクロバットを、読者がどう受け止めるのか興味津々である。

（せんがい・あきゆき　ミステリ評論家）

LA VIE EST UN ROMAN by Guillaume Musso
© Calmann-Lévy, 2020
Japanese translation rights arranged with
EDITIONS CALMANN-LEVY
through Japan UNI Agency, Inc., Tokyo

集英社文庫

人生(じんせい)は小説(ロマン)

2023年 8月30日　第1刷　　定価はカバーに表示してあります。

著　者　ギヨーム・ミュッソ
訳　者　吉田恒雄(よしだつねお)
編　集　株式会社 集英社クリエイティブ
東京都千代田区神田神保町2-23-1　〒101-0051
電話　03-3239-3811
発行者　樋口尚也
発行所　株式会社 集英社
東京都千代田区一ツ橋2-5-10　〒101-8050
電話　【編集部】03-3230-6095
【読者係】03-3230-6080
【販売部】03-3230-6393(書店専用)
印　刷　中央精版印刷株式会社　株式会社美松堂
製　本　中央精版印刷株式会社

フォーマットデザイン　アリヤマデザインストア　　マークデザイン　居山浩二

本書の一部あるいは全部を無断で複写・複製することは、法律で認められた場合を除き、著作権の侵害となります。また、業者など、読者本人以外による本書のデジタル化は、いかなる場合でも一切認められませんのでご注意下さい。

造本には十分注意しておりますが、印刷・製本など製造上の不備がありましたら、お手数ですが集英社「読者係」までご連絡下さい。古書店、フリマアプリ、オークションサイト等で入手されたものは対応いたしかねますのでご了承下さい。

© Tsuneo Yoshida 2023　Printed in Japan
ISBN978-4-08-760786-4 C0197